巨神覚醒 上

シルヴァン・ヌーヴェル

ロンドン中心部に忽然と現れた、第二の巨大ロボット――あれから9年、ついに恐れていた事態が現実になったのだ！

この男性型ロボットが6000年前、地球に巨大ロボット・テーミスを残していった異星種族のものであるのは間違いない。だが、人類を試すかのごとく沈黙を守る巨神に対し、恐怖と打算に駆られた人々は愚かな行動に出る。それが地球滅亡の危機を招くとも知らずに……人智を超えた存在を前に、人類の命運はテーミスと国連地球防衛隊《EDC》に託された！　原稿段階で映画化決定のデビュー作『巨神計画』待望の続編、空前のスケールで登場！

登場人物

インタビュアー……………………プロジェクトの推進者
ローズ・フランクリン……………物理学者。巨大ロボット・テーミスの発見者
カーラ・レズニック………………テーミスのパイロット。国連地球防衛隊《ＥＤＣ》大尉
ヴィンセント・クーチャー………テーミスのパイロット、言語学者。ＥＤＣ顧問
ユージーン・ゴヴェンダー………ＥＤＣ司令官。南アフリカ軍出身の准将《じゅんしょう》
アリッサ・パパントヌ……………遺伝学者
ライアン・ミッチェル……………テーミスのパイロット候補だった元陸軍兵
バーンズ……………………………テーミスの来歴を知る男
エヴァ・レイエス…………………プエルトリコに住む十歳の少女

巨神覚醒 上

シルヴァン・ヌーヴェル
佐田千織訳

創元SF文庫

WAKING GODS

by

Sylvain Neuvel

This book is published in Japan
by TOKYO SOGENSHA Co., Ltd.
Japanese translation rights arranged with 9046011 CANADA Inc.
c/o The Gernert Company, Inc., New York
through Tuttle-Mori Agency, Inc., Tokyo

目次

下巻　目次

バーバラとハン・ソロへ
ねえ、バラ、きみはぼくの支えですべてだけど、ハンが死んだんだよ！ 少しはわかってくれてもいいだろう？

巨神覚醒　上

プロローグ

私的記録――エヴァ・レイエス

今日、学校でメリッサにからかわれた。最近あの子は男子のことで頭がいっぱいだ。エンツォたちが、またあたしのことをラ・エヴィータ・ロカ（スペイン語でイカれたエヴィータ）ってはやし立てはじめたら、あの子も調子を合わせた。「見て！　イカれたエヴァが泣きそうになってる！」メリッサなんか大嫌い。

　あの子は最後の仲良しだった。アンジーはいまはボールドウィンに通ってて、めったに連絡してこない。エッシーはバヤモンに引っ越してしまった。あたしが学校の外でも会うのは、あの子たちだけだった。いつも母さんはもっと出かけなさいっていうけど、一緒に遊ぶ相手がいないんだもの。前はよくリオピエドラスの近くで石を探したっけ。エッシーは石が好きで、特にあの青いのがお気に入りだった。たぶん藍晶石《らんしょうせき》っていうやつだと思う。別の日にひとりでいったら山ほど見つかった。エッシーには今度遊びにいくときに持っていってあげるっていったけど、いついかせてもらえるかわからない。その前にまずよくならなくちゃね、って母さんはいう。

今夜また、あの精神科医に会うことになってる。あの人もほかの人たちと同じで、あたしのことを正気じゃないって思ってる。みんなはいつも、悪い夢を見るのはふつうのことだっていう。でもあたしには、あれは夢なんかじゃないってわかってる。いまは目が覚めてるときも見る。今日また学校で見て、あたしは悲鳴をあげた。内容はここ何カ月もずっと見てるのと同じ。みんな死んでる。何千人も道に倒れて死んでて、町じゅう死体でいっぱいだ。父さんと母さんが血まみれでうちのなかに倒れてるのが見える。そこのところは父さんたちには話してない。今日見たやつには、新しいものが出てきた。テーミスみたいなロボット、大きな金属の女の人が雲のなかに落ちていった。

第一部　親類縁者

ファイル番号一三九八
ニュース報道――BBCロンドン、ジェイコブ・ローソン
場所：イギリス、ロンドン、リージェンツ・パーク

今朝リージェンツ・パークの真ん中に、二十階建てのビルほどの金属製の像が現れました。最初に気づいたのはロンドン動物園の飼育員たちで、時刻は午前四時頃。公園の北端、ハブ（カフェとスポーツの複合施設）のまわりに広がるサッカー場のひとつにその像、あるいはロボットが立っていたのです。それは大きさも形も、わたしたちがテーミスという名で知っている国連のロボットに似ています。しかしこの新たな巨人は男性のように見えます。あるいは男性に似せてつくられているというべきでしょうか。一年足らず前にロンドンを訪れたほっそりして女性的な巨人にくらべると、はるかに筋肉質で、ひょっとすると背も高いかもしれません。色も異なっており、国連のロボットよりも明るい灰色で、青緑色の縞模様が走るテーミスとは対照的に黄色い光が筋になっています。

　早朝に目撃した人たちによれば、そのロボットは公園の真ん中にどこからともなく現れたとのことです。「さっきまでなかったのに、気がついたらあったんです」動物園の飼育員のひとりは語りました。幸いハブ周辺のサッカー場はこの時間には人気《ひとけ》がなく、ひとりの死傷者も報告されていません。もちろん、この早朝の出現が意図的なものかどうかはわかっていませんし、このロボットがどこからやってきたのか、あるいは誰に送りこまれたのかも不明です。もしこれがほんとうにテーミスのようなロボットで、操縦法も彼女と同じなら、パイロットが乗っている可能性があります。もしパイロットがいるなら、彼らはロシア人、あるいは日本人、それとも中国人なのでしょうか？　それともどこかまったく別の場所からやってきたのでしょうか？　現時点では推測するしかありません。まったくの無人であるとも考えられます。ここに立っている四時間のあいだ、それは微動だにしていません。

　地球防衛隊《EDC》はまだ、公式声明を発表していません。科学部門の責任者であるローズ・フランクリン博士には、今朝このあとスピーチを行うことになっているジュネーブで連絡を取ることができました。博士はこの第二のロボットの出所について推測しようとはしませんでしたが、それが国連の惑星防衛部門に属していないことは断言しました。もしそれがほんとうなら、地球で第二の異星人のロボットが密《ひそ》かに発見されていたか、あるいはこのロボットがわたしたちの星以外の場所からやってきたことになります。ＥＤＣはロンドン時間の午前三時に、ニューヨークで記者会見を予定しています。

アメリカがあのテーミスと呼ばれるロボットを発見したことを受け、九年前に国連によって設立されたEDCの任務は、人類の利益のために異星人の遺物から新たな科学技術を引き出すことと、宇宙からの脅威に対してこの惑星を守ることです。今日われわれがその種の脅威に直面しているのかどうかは、時間だけが教えてくれるでしょう。

イギリス政府からはまだなんの発表もありませんが、消息筋によれば一時間以内に首相が国民に向けて演説を行うとのことです。野党側の発言を待つ必要はないでしょう。野党は今日これまでにさっそく声明を発表し、首相に対してただちに国民を安心させる言葉をかけるよう求めました。野党党首のアマンダ・ウェブ元外務大臣は一時間ほど前にテレビに出演し、こう語っています。「潜在的に壊滅的な力を秘めた異星人のマシンがロンドンの真ん中に立っているというのに、首相が適切だと考えている対策は、公園ひとつへの立ち入りを制限することだけのようです。首相には大ロンドン圏に暮らす千三百万人の人々が安全だといえるのでしょうか？　そういえるのであれば国民に説明する義務がありますし、いえないのであれば、わたし個人としては退避についてすぐに話しあうべきだと考えます」ウェブ党首は続いて、まずはセントラル・ロンドンから退避してはどうかと提案し、自身の計算によれば四十八時間かからずに整然と終えられるだろうと述べました。

ロンドンっ子たちはといえば、どこへも急いでいくつもりはないようです。ひょっとするとロボットの出現と同じくらい驚くべきなのは、住民たちの徹底した無頓着ぶりかもしれません。そびえ立つ像はロンドンのほとんどの場所から見ることが可能で、市民の動揺や町からの大脱出が起こってもおかしくない状況だというのに、大部分のロンドンっ子はふだんどおりの生活を続け、多くの人が新たな巨人を間近で見るためにリージェンツ・パークへ向かってさえいます。警察はプリンス・アルバート・ロードの南側と、オールバニ・ストリートとA41のあいだでA501より北側の区域を封鎖していますが、なかには彼らの目を盗んで公園に入りこむものもいます。警察は侵入者の巨大な金属製の足からほんの数歩のところでピクニックの用意をしていた一家を、立ち退かせなくてはならなかったほどです。

ロンドンっ子たちがテーミスによく似た姿をしたものに親しみをおぼえたとしても、責めるのは難しいでしょう。彼らはある異星種族がわれわれを守るためにテーミスを地球に置いていったのだ、と聞かされてきました。彼女の金属の顔や後ろ向きについた脚は毎日のようにテレビに登場しますし、この十年近くあらゆるタブロイド紙の一面を飾ってきました。いたるところでテーミスTシャツが売られ、若いロンドンっ子たちはテーミスのアクション・フィギュアで遊んで育ったのです。テーミスはスターです。一年前に彼女が別の王立公園を訪れたときは、未知の世界からやってきたなにかとのファーストコンタクトというよりも、ロックコンサートのような雰囲気でした。

今回のことはEDCの短い歴史における決定的な瞬間です。脆弱《ぜいじゃく》な連合の果実であるその組織は批判的な人々から、人目を引くための宣伝活動だといわれてきました。いくら強力でもたった一体のロボットで侵略者から地球を守るのは無理だと多くの人々が主張してきたのです。第二のロボットを自らの武器庫に加えるか、あるいは別の種と正式な同盟関係を築くことによって、ＥＤＣはその批評家たちを黙らせるという面で大きく前進することでしょう。

ファイル番号一三九九
私的記録――EDC科学室長、ローズ・フランクリン博士

わたしは猫を一匹飼っていた。どういうわけかわたしが猫を飼っていたことを、誰も覚えていない。彼女がキッチンの床に丸くなって主人の帰りを待ちながらゆっくりと飢え死にしていく様子を、わたしはずっと頭のなかで描いている。あの夜、ローズ・フランクリンは帰宅したのだということを、彼女――もうひとりのわたし――はけっしてあの猫を置き去りにはしなかったのだということを、わたしはいつも忘れてしまう。わたしの猫が飢え死にしなかったのは嬉しいけれど、心のどこかでは彼女が扉のそばで待っていてくれればよかったのにと思っている。わたしは彼女が恋しい。あの小さな猫がいないアパートの部屋は、ひどくがらんとした感じがする。

もしかしたらあの猫は死んだのかもしれない。でも彼女はそんなに年寄りではなかった。もしかしたら仕事がきつくなりすぎたときに、わたしが手放したのかもしれない。もしかしたらあの夜、わたしのふりをして帰ってきた人間が誰だかわからず、逃げ出したのかもしれない。そうだったらいいのに。もし彼女がまだそのあたりにいるなら、たぶんわたしを怖がるだろう。

もし「本物」のローズ・フランクリンが存在するのなら、おそらくわたしはそうではないはずだ。

十三年前、わたしは出勤途中に交通事故に遭った。見知らぬ連中に車から引きずり出され、アイルランドの道端で目を覚ましたのは四年後だった。そのときわたしは一日も年を取っていなかった。

どうすればそんなことが可能になるのだろう？　わたしは未来へ旅したのか？　わたしは……凍らされ、四年のあいだ保存されていたのか？　おそらくその答えを知ることはけっしてないだろう。それはまあいい。わたしが対処に苦労してきたのは、その四年のあいだ自分がほんとうに存在しなかったわけではないということだ。わたしは——とにかく、わたしに似た誰かは——ここにいた。ローズ・フランクリンはその翌日、仕事に出かけていった。その間にほんとうにたくさんのことをした。どういうわけか彼女は最終的に、わたしが子どもの頃に見つけた巨大な金属製の手を研究することになった。巨大な体のパーツがもっとその辺に転がっていると確信するようになり、それを掘り出す方法を考案した。それらのパーツでテーミスと呼ばれる異星人の巨大ロボットを組み立てた。それから彼女は死んだ。

それは多忙な四年間だった。

もちろんわたしはなにひとつ覚えていない。わたしは存在しなかったのだ。誰であれそのすべてを行った人物は死んだ。それがわたしではなかったことを、わたしは事実として知っている。手を研究するチームの責任者の地位に就いたとき、ローズ・フランクリンは二十八歳だった。彼女は三十歳で死んだ。一年後、わたしが見つかった。わたしは二十七歳だった。

テーミスは最終的に国連の所属になった。そしてあのロボットを中核として、EDCと呼ばれる地球防衛部門がつくられた。そこにもわたしはいなかった。ひとりは死んでいたし、もうひとりはまだ見つかっていなかった。わたしがふたたび現れてから一カ月ほどして、彼らはわたしをEDCの調査チームの責任者に据えた。きっともうひとりのローズは彼らにそうとうな感銘を与えていたのだろう。なぜならわたしは、おそらくその任務にもっとも適さない人材だったのだから。わたしはテーミスを見たことさえなかった。わたしにしてみれば、最後に彼女のどこか一部を見たのは十一歳の誕生日だったのだ。彼らは気にしなかった。わたしもそうだ。わたしは心底その仕事をしたかった。九年間、懸命に取り組んできた。九年間。他人はわたしの身に起こったことを乗りこえるのに充分な時間だと思うだろう。でもそんなことはない。四年分の出来事に追いつく必要があったから、しばらくはよけいなことを考えている暇はなかった。だがある種のルーティンになじみ、新しい仕事、新しい人生に慣れるにつれて、自分が誰で何者なのかという思いがどんどん頭から離れなくなっていった。

もしタイムトラベルをしたのなら、それを完全に理解するための知識はおそらく持ち合わせていないが、わたしがふたり存在していたはずがないことはわかる。ある物体をA地点からB地点へ動かせば、論理的にいってA地点にはもうそれは見つからないことになる。わたしはクローンなのか？　複製なのか？　自分の身になにが起こったのかは知らなくても生きていけるが、わたしが……わたしなのかどうかは知る必要がある。そうした疑念を抱くのは恐ろしいことだ。

いまここが自分の居場所でないことはわかっている。わたしは……ずれている。考えてみれば、それはなじみのある感覚だ。ときどき――ことによると年に二、三回――わたしはこの不安に襲われる。たいていはへとへとに疲れていて、たぶんコーヒーを飲み過ぎたときに、その感覚が襲ってくる……それをどう説明すればいいのかわかったためしはない。過ぎていく毎秒毎秒が、黒板に爪を立てているように感じられるのだ。続くのはたいてい一分か二分だが、ほんの少しだけ――一秒の半分かそこら――宇宙とずれているような感じがする。一度もまともに説明できたためしはないから、こんなふうに感じたことがあるのが自分だけなのかはわからない。そんなことはないと思うが、いまわたしが毎日毎分感じているのは、そのわずか一秒の半分のずれがどんどん長くなっているということだ。

わたしにはほんとうの友だちはいないし、ほんとうの親族もいない。わたしにあるのは自分が共有していない経験にもとづく人間関係であり、失ったのは自分が経験していない出来事によって傷ついてきた人たちだ。母さんは相変わらずひと晩おきに電話してくる。わたしが戻った時点で前に話してから一年以上たっていたことを、彼女は理解していない。どうしてそんなことが理解できるだろう？　彼女は例の別の人物、いまだに父親の死を受け入れられずにいる人物、みなから好かれていた人物に電話をしている。死んでしまった人物に。わたしは学校時代や故郷の古い友だち、誰とも連絡を取っていない。彼らはわたしの葬儀に出席していた。あのように完璧な関係の終わりを、わたしは台なしにしたくない。

いまのわたしにとってはカーラとヴィンセントがもっとも友だちに近い存在だが、九年たってもなんとなく……わたしたちの友情にやましさを感じる。わたしは替え玉だ。彼らのわたしに対する親愛の情は、嘘にもとづいたものだ。ともに経験したことになっている物事についてはふたりから聞いていて、わたしたちは三人とも、状況が違えば自分たちも同じ経験を共有していただろうというふりをしている。わたしたちはみな、わたしがその別の人物であるふりを続け、それゆえに彼らはわたしを好いてくれている。

わたしには自分が何者なのかわからないが、自分が……彼女でないことはわかっている。わたしは彼女になろうとしている。必死でそうなろうとしている。もしわたしが彼女になりきることができれば、すべてが丸く収まるのはわかっている。でもわたしは彼女を知らない。彼女が残した記録の全ページに数え切れないほど目を通してきたが、いまだに彼女が見たように世界を見ることはできない。日記の一部にわたし自身を垣間見ることはあるが、そうした一瞬はわたしたちを多少なりとも近づけるには不充分だ。彼女は賢かった。もしいまわたしたちが巨大な体のパーツを探している最中だとしたら、自分に彼女と同じことができるか自信はない。きっと彼女はわたしが知らないなんらかの研究結果を、おそらくわたしが「留守にしていた」あいだに発表されたなにかを、見つけていたにちがいない。もしかしたらわたしは不完全なコピーなのかもしれない。もしかしたら彼女のほうが賢かっただけかもしれない。

彼女のほうが楽天的だったのはたしかだ。彼女はこう信じて——完全に確信して——いた。テーミスは、いずれ時がくればわたしたちが見つけるように贈り物として、親切な父親がわりから若い種への成人のプレゼントとして、ここに残されたのだと。だが彼らはその全パーツを地の果て、特別辺鄙《へんぴ》な土地、氷の下にまで埋めていた。わたしが彼女の立場でも宝探しに夢中になっていたかもしれないのはわかるが、そんなハードルが付け加えられたもっともな理由は思いつかない。あれは隠されていた……そうだ、そうにちがいない……と、わたしの直感がいっている。見つからないように隠されていたのだと。

なににもまして想像がつかないのは、いかに先進的なものであろうとわたしたちには使えないはずのロボットを、なぜ誰かが残していったりするのか、ということだ。ああいうものを建造する技術、それを何光年も旅してここまで運んでくるような技術を持った誰かなら、その制御装置をわたしたちの生体構造に適合させる能力を持っていたはずだ。彼らのなかには整備士が——ロボットを修理できるものか、少なくとも手元にある道具でちょっとした問題はなんでも解決できるものが——いただろう。膝用の装具の向きを変えてわたしたちに使えるようにするには、彼らのねじまわしが一本あれば事足りるはずだ。それを操縦するためにわたしたちが自らの体にメスを入れるとは、彼らに予想できたとは思えない。

わたしは科学者だし、そんなふうに考える証拠はひとつもないが、もうひとりのローズが正反対の想定をしたときもそうだったはずだ。証拠がなければ、たとえオッカムの剃刀《かみそり》でさえわたしをそちらへ導いたはずはない。

皮肉なのは、彼らがこの全計画をわたしの発見にもとづいて立てたということだ。これからくることをわたしがどれほど恐れているか話していたら、いまやっていることをけっして自由にやらせてもらえなかっただろう。研究室はわたしが安らぎを得られる唯一の場所で、そのことには感謝している。毎日一緒にいてくれるテーミスにも感謝している。わたしはテーミスに惹《ひ》かれている。彼女もこの世界のものではない。彼女もわたしと同様、ここに居場所はない。わたしたちはどちらも本来いるはずのない場所、いるはずのない時間に存在していて、彼女について学べば学ぶほど、実際に自分の身になにが起こったのかを理解することに近づいている気がする。

みんなが心配してくれているのはわかっている。母さんはわたしのために祈るといっていた。うまくやっている誰かのためにそんなことはしないものだ。彼女を動揺させたくなかったから、わたしは礼をいっておいた。これまでけっしてほんとうに強い信仰心を持っていたわけではないが、それでもわたしを助けにきてくれる神がいないのはわかっている。わたしがしてしまったことに救済はない。わたしは死んでいるはずなのだ。わたしは死んだ。先進的な科学技術と思われるものによってよみがえったが、それは魔法と呼んでもいいだろう。そう遠くない昔なら、わたしのような存在は教会に火あぶりにされていたところだ。

わたしは神を信じているかもしれないが、彼とは戦争状態にある。わたしは科学者で、問題にひとつずつ答えようとするから、問いの答えが神である余地はいささか少ない。わたしは自分の旗を立て、少しずつ彼の王国を奪っている。奇妙なことだが以前はそんな考えは浮かびもしなかった。いまわたしはそれを見ている。科学と宗教のあいだに真の矛盾を見たことさえ一度もなかった。まざまざと目にしている。

わたしは人間が越えてはならないことになっている一線を越えてしまった。わたしは死んだ。そしてまだここにいる。わたしは死を欺いた。神の力を奪った。わたしは神を殺し、心にぽっかり穴が空いたような気分だ。

ファイル番号一四〇八
ＥＤＣ司令官、ユージーン・ゴヴェンダー准将《じゅんしょう》との面談
場所：ニューヨーク州ニューヨーク市、ウォルドーフ・アストリア・ホテル

——あなたは急がれるべきですね、ユージーン。

——われわれが知りあってどのくらいになるかな？

——この九月で十四年になりました。

——十四年。そしてそのあいだにわたしが一度でも、きみにユージーンと呼ぶ許しを与えたことがあったか？

——「准将」と呼ぶのは……わたしたちがともにくぐり抜けてきたことを考えると適切ではないように思えますが。

——そうだろう？　きみを呼ぶ名前がまったくないというのがどんな気分か、想像してみろ。

——わたしの匿名性に関して延々と話を聞かされるのは愉快なものではありませんし、あなたは一時間もしないうちに国連総会で演説をすることになっているのですよ。あなたがどれだけ演説嫌いかは知っていますし、もしわたしに協力を求めるならいまがいい機会でしょう。

——だったら、きみがかわりに演説してくれないか？　そもそもわたしをこのごたごたに巻きこんだ張本人はきみだろう。

——出だしを聞かせてください。

——あのいまいましい原稿はどこだ？　ああ、あった。眼鏡はどこ——

——ナイトテーブルの上です。

——ありがとう。出だしはこんな感じだ。「あなたがたの多くが恐れているのはわかっている。あなたがたが答えを求めているのはわかっている」

――わたしはあなたの演説の出だしのつもりでいったのですが？

――これが、わたしのいまいましい演説の出だしだよ。

――ユージーン、あなたが話している相手は士官学校の生徒ではないのですよ。これは国連総会で、外交儀礼というものがあるのです。ふつうは全員の名前を挙げることからはじめるものです。議長、事務総長、各国代表団のみなさん、紳士淑女諸君。

――いいだろう。そうはじめてから、わたしはこういうつもりだ。「あなたがたの多くが恐れているのはわかっている。あなたがたが答えを求めているのはわかっている」

――いいえ、まずはなにか意味深いこと、聞き手を鼓舞するようなことをいわなくてはなりません。

――鼓舞するようなこと？　いまいましい巨大ロボットがロンドンの真ん中にいるんだぞ。人々がわたしに求めているのはそれを厄介払いすることだ。そこに意味深いことなどありはしない。

——それなら、なにかまったく無関係だが意味深いことをいうのです。わたしが最後に生《なま》で聞いた演説は、アメリカ大統領のものでした。彼はこんなふうにいいました。「われわれは戦争と平和の岐路にともに立っている。無秩序と統合の、恐怖と希望の岐路に」

——実にけっこう。議長、事務総長、各国代表団のみなさん、紳士淑女諸君。わたしが無口な男だということはみなさんご存じだ。わたしがどれほど演説嫌いかもよく知っておられる。だからお許しをいただいて、アメリカ合衆国の元大統領の言葉を拝借し、冒頭の挨拶とさせていただこうと思う。彼はこういった。「われわれは戦争と平和の岐路にともに立っている。無秩序と統合の、恐怖と希望の岐路に」

——それはどうかと——

——冗談だよ。わたしの演説にも、言葉使いの巧みな人物の言葉を引用している箇所があるから、ちょっと前倒しすることは可能だ。そのあとは、わたし自身の言葉で我慢してもらわなくてはならんだろうな。その人物の名前はトーマス・ヘンリー・ハクスリー。初期の近代生物学者だ。彼はこういった。「知られていることには限りがあり、知られていないことは無限にある。知的観点からいえば、われわれは説明のつかない広大な海の真ん中の小島に立っている。

われわれがすべての世代でやるべきなのは、海を埋め立てて土地をさらに少し広げることだ」

十年ほど前、テーミスが世界に公開されたとき、われわれは海が思っていたよりもはるかに広いことに気づいた。そして今朝ロンドンで起こったことのせいで自分たちの確信という小島がとても小さく感じられるようになったため、そこに立っていられるかどうかさえ疑わしく思っているかもしれない。

さあ、もういっていいか？

——あなたがたの多くが恐れているのはわかっている。

あなたがたの多くが恐れているのはわかっている。あなたがたが答えを求めているのはわかっている。率直にいって、あなたがたが期待している答えをわたしは持っていない。今日のところは。またわたしには告白することがある。わたしもまた……恐れているのだ。わたしが恐れているのは、あれがなんなのかも、なにを求めているのかもわからないからだ。まだもっとやってくるのかわからないし、もしやってきた場合われわれになにか対処できるのか、ほんとうにわからない。われわれの知らないことはたくさんある。わたしにいわせれば少しばかり恐怖を感じるのは、健全な反応にすぎない。

——からかうのはよせ。

――なんと心強い。もう気分がましになってきましたよ。

――われわれは恐怖に負けて為すべきことを投げだしてはならない。恐怖に突き動かされてはならない。われわれは忍耐しなくてはならない。いま重要なのは――

――なにをいおうとしているのですか？

――ほんとうに愚かな行動を性急に取るのは控えるべきだ、ということだ。

――たとえば？

――ご承知のとおり、イギリスには武力を誇示したがっているものたちがいる。わたしは北大西洋条約機構《NATO》が独自の軍事行動を検討しているのも知っている。この場にお集まりのみなさんには、各々の影響力を行使していただきたい。けっしてそのようなことにならないよう、あらゆる手立てを尽くしていただきたい。

――なぜ？

――理由はわかっているはずだ！　あの第二のロボットは、おそらくテーミスよりもさらに強力だろう。イギリス陸軍がひっかき傷ひとつつけられるか怪しいものだ。それにあれはロンドンにある。都市部では、単純にいって地上部隊の攻撃で充分な火力を集中させる術《すべ》はない。全面的な空爆のほうが見込みはあるが、それには主要国の空軍が協力して作戦を行う必要があるだろう。それにシティを壊滅させることにもなる。もしそれでロボットを倒せなければ、大型核爆弾がわれわれの最善にして最後の選択肢になるだろうが、それでは事後にイングランドの人口のほとんどが移住することになる。これではっきりわかってもらえるかな？

――もしあなたが伝えたいのがそういうことなら、そんなふうにはっきりというべきでしょう。もし彼らが攻撃を仕掛ければ「最善のシナリオ」など存在せず、この件を「はったり」で切り抜けるのは無理だということを、理解させるのです。

――それは少々荒っぽいと思わないか？　きみはわたしに、意味深い、聞き手を鼓舞するようなことを求めたじゃないか。

――意味深い、聞き手を鼓舞するような言葉で演説をはじめるのは、いまから二十年後に夕食のテーブルを囲んで引用すれば気が利いていると感じられるようにするためです。もし今日、人々に理解してもらいたいことがあるなら、ご自身のお孫さんたちに話しかけているように話すのです。その場にいる人たちの半分は通訳を介してあなたの言葉を聞くでしょうし、彼らのほとんどは五歳児と同じくらいしか集中力が続きません。議場を出たとき、その人たちは母国に電話をかけるでしょう。そしておそらく防衛相や軍の最高司令官、参謀総長といった、軍を自由に動かすことができ、それを使いたくてうずうずしている人々と話すでしょう。あなたは彼らに、自国の軍事顧問よりも科学者の一団を信じるよう頼んでいるのです。その理由を、通訳されても失われないようにはっきりさせるのですよ。

——わたしの演説には、そこそこ理にかなって聞こえる段落がもうひとつあったんだがね。

——聞かせてください。

——いまわれわれが抱えているのはロンドンの問題ではない。これはイギリス、あるいはヨーロッパの問題ではない。それに間違いなくＮＡＴＯの問題ではない。いまわれわれが抱えているのは地球の問題だ。これはわれわれ全員の、この場に代表を送っているすべての国の問題であり、われわれはともにその解決策を見つけなくてはならない。国際連合は人類史上もっとも壊滅的な戦争をきっかけに設立された機関であり、国々が戦場ではなくこの議場で自分たちの不和を解決できるようにすることによって平和を促進するためのものだ。これはまた、われわれが知識や資源を共有し、自分たちだけでやり遂げられるとは夢にも思わないような偉大なことを成し遂げるためのものでもある。今日われわれには、その両方を行う機会がある。われわれが想像したこともないようなレベルの戦争を防ぎ、人類をまったく未開拓の領域へと導く機会が。もし国連の出番があるとすれば、いまがその時だ。もしEDCに存在意義があるとすれば、これがそうなのだ。

——それは聴衆の集中力が切れてきた最後に持ってくるといいでしょう。さしあたって彼らが共感できる、あなたの軍歴についてお話しになるべきでしょうね。

——どこかで少し触れているんだが……ここだ……わたしはまた、あなたがたの多くが疑念を抱いていることもわかっている。EDC創設の決定は全会一致ではなかった。なぜEDCを信頼し、自国の軍隊に頼るべきではないのか？　これはおそらく、今日わたしが答えられる唯一の問いだろう。わたしは四十年以上、軍人をやってきた。そのわたしにいえるのはこういうことだ。軍人には情報が……

——それではまだ不充分ですね。あなたがいくつの戦争に参加し何人殺したかを、彼らに話してやるのです。彼らに血を見せておやりなさい。あなたのことを、隙あらばロンドンに爆弾を落とすであろう主戦論者だと思わせるのです。そうなって初めて彼らは、やめておくべきだというあなたの言葉を信じるでしょう。

——わたしになにがいえる。わたしは南アフリカ軍の准将で国連軍の司令官だ。南アフリカでは陸軍装甲部隊、ひらたくいえば多くの戦車を指揮した。国境戦争の際には人種別の部隊に加わって戦い、スーダンで平和維持活動に加わり、コンゴ民主共和国では国連介入旅団を率いた。大人になってからずっと、軍から軍へと渡り歩いてきた——

——完璧です。

——……そのわたしにいえるのはこういうことだ。軍人には、わたしのような人間には、役に立つ情報が必要だ。なにが起こっているのかを知る必要がある。保証してもいいが、情報なしに軍に己の運命を委ねるのはやめたほうがいい。われわれは行き当たりばったりで行動はしない。われわれは陶器店のなかにいる象のようなもので、もし自分のしっぽを追いかけさせられれば、物事をめちゃくちゃにしてしまう可能性がある。

わたしはまた地球防衛隊、厳密にはたったひとつの巨大兵器を備えた別の軍隊の司令官でもある。司令官として、わたしはふたりの兵士を率いている。いや、兵士はひとりだな。もうひとりは厳密にいえばカナダ人の言語学者で相談役だ。またわたしは、六十八名の科学者を指揮している。この仕事をオファーされたときには、必ずしもそういう説明はされなかったが。なぜなら彼らはわたしの科学者嫌いを知っていたからだ。科学者というのは子どものようなものだ。彼らは常にあらゆることを知りたがり、そろってやたらと質問ばかりして、けっして指示を守ろうとしない。
それが、その人たちがＥＤＣだ。巨大ロボットが一体、兵士がひとり、言語学者がひとり、そして反抗的な大勢の子どもたち。われわれに必要なのは、いま世界が必要としているのは、彼ら、わたしの反抗的な子どもたちだ。彼らは地球上の誰よりも異星人の科学技術に詳しく、日々さらに多くを学んでいる。それが彼らのやっていることだ。彼らは絶えず学んでいる。彼らはわれわれが息をつけるように、われわれの小さな知識の島のために土地を獲得しているのだ。

——感動的ですね。

——初めてわたしにこの仕事を売りこもうとしたときのきみの演説を思い出したよ。

——あなたはお断りになった。

——ああ、だがあれはいい演説だった。わたしの演説にはあといくつか段落があるが、それはわれわれが知っていることと、ほとんどはわれわれが知らないことについてだ。

――われわれが知っていることというと?

――多くはない。わたしが書いたのはこうだ。

われわれは入手可能なデータをまだ数時間しか調べていないし、人員はまだ現場に到着していない。従ってわれわれにわかっていることはこうだ。ロンドンの像はテーミスにくらべてざっと三メートル高く、十パーセントほどかさが大きい。われわれはそれをクロノスと呼んでいる。これで全部だ。あとは推測になる。

あの巨大な金属の男のなかには誰もいないのかもしれない。遠隔操作されているのかもしれないし、ロボットですらないのかもしれない。到着して以来、動いていないからだ。われわれはその線はかなり薄いと感じているが、選択肢としてむやみに捨ててしまえるようなことでもない。なかに人間が乗っている可能性もある。その場合は別のロボットがどこかに埋められていて、今日ここに代表を送っている国のひとつがそれを発見したことを意味する。これもありそうにないことに思えるが、まったく考えられないわけではない。

われわれがテーミスについて知っていることを元に考えれば、もっとも可能性の高いシナリオは、ふたりかそれ以上の異星人のパイロットが乗っているというものだ。ロンドンの像がテーミスにそっくりなことから、われわれはそれが同じ種によって建造されたものであるという作業仮説を立てている。それは必ずしも、われわれが相手にしているのはテーミスをつくった人々だという意味ではない。彼らはこの惑星に巨大ロボットを一体残していった。彼らが別の居住可能な惑星でも同じことをした可能性があると考えるのは理にかなっているし、その星の人々がわれわれを訪ねてきたのかもしれない。さっきもいったように、われわれは多くを知らないのだ。

われわれが実際に異星人を相手にしていると仮定して、彼らは友好的かもしれない。彼らは銃をぶっ放しながら出てこなかったし――これはたいていの場合いいしるしだ――テーミスに関して現在EDCが採っているのは、われわれが自分で身を守れるように地球に置いていかれたものである、という説だ。彼らの意図が非友好的なものである可能性はおおいにある。敵がわれわれにこれだけの準備期間を与えたのは奇妙だが、その存在は全面的な侵略か攻撃の前触れかもしれない。別の実に合理的な説明、EDCが現在傾きつつある説明は、彼らがまだこちらを理解しようとしている最中だというものだ。われわれにいくらかでも悪意はないか、われわれが彼らの存在にどう反応するかを知る術は、彼らにはなかっただろう。

だが憶測はもう充分だ。わたしが現時点であなたがたに提供できるのは、たくさんの「もし」と「かもしれない」だ。わたしはここにきて提言をするよう求められた。いまのところ、それはきわめて単純なものだ。テーミスをイギリスに派遣すること。それには七、八日を要するだろう。わたしの子どもたちにあと一週間仕事をさせてやり、会議を再招集しよう。どうかそれまでは、あなたがたみなが自重して、ことの成り行きを見守っていただくようお願いする。いまは衝動的に行動するときではない。それがどれほど魅力的に思えたとしても。

以上。これがわたしの演説だ。長さは充分かな？

――それで申し分ないでしょう。

――当然ながら、ローズがあんなばかげたことをしたせいで報道陣向けの演説を丸ごと新しく書かねばならなかったのだから、これで我慢してもらわんとな。

――彼女がなにをしたのですか？

――あれを見逃したのか？　テレビに出て、われわれは関わるべきではないと全世界に向けていったんだ。

――われわれというと？

――ＥＤＣだよ。テーミスを派遣することはわれわれの最大の過ちになるだろう、とローズはいったんだ。きみが気に入っているのは知ってるが、彼女の頭がまともじゃないのはわかっているだろう。あの娘はほんとうに細い糸でかろうじてぶら下がっているんだ。

――彼女はある種の……心を乱すような出来事を経験してきましたからね。

――それはわかる。わたしがわからないのは、なぜきみがローズに任せたのかということだ。采配を振るわなくても、彼女がチームに加わることはできたわけだろう。彼女はわたしのことを大きな悪い軍人だからという理由で嫌っているが、いま彼女がやっていることは実のところ役に立っていない。少しでも時間を稼ぐには、あそこにテーミスを派遣するしかないんだ。そうしなければ朝までにはリージェンツ・パークに陸軍が現れるだろうし、それがどのような終わりを迎えるかはおたがいよくわかっているはずだ。

――聞かせてください。

――なにをだ？

――あなたが報道陣向けに用意された演説です。

――いいだろう。あなたがたはわれわれの科学部門の責任者であるローズ・フランクリン博士が、今朝メディアに向けて話したことをお聞きになっているかもしれない。彼女は多くのことを語ったが、要約するとドクター・フランクリンは、われわれはなにもするべきではない、誰も、ＥＤＣでさえ派遣せず、あのロボットがいずれ自発的に立ち去ってくれることを期待するべきだと考えている。ドクター・フランクリンは優秀な科学者であり、たとえEDCの考えとは違っても、間違いなく彼女自身の意見を述べる権利がある。ご存じかもしれないが、ドクター・フランクリンはコロラドで起こったテーミスの絡んだ事故で死にかけており、わたしが思うにあの事故の影響で不必要に用心深くなっているのだろう。ドクター・フランクリンの結論には賛成できないが、その一方で彼女は「われわれはEDCを派遣するべきではない」という以上に、多くのことを語っている。今朝彼女はいくつかの説得力のある主張をした。

われわれは地球外生命体とファーストコンタクトをしているところだ。それがどのように進もうと、人類史上において決定的な瞬間となるだろう。われわれはみなしばし立ち止まり、そうした出来事がどれほど意義深く遠大なものであるかを認識する必要がある。

そのことを念頭に置いてドクター・フランクリンは、機甲師団と武装した数千人の兵士を派遣することは、おそらくよい第一印象を与える最善の方法ではないだろうと指摘した。それに異を唱えることは難しい。

さらに彼女は、テーミスを派遣することはより大きな過ちになるだろうと示唆した。戦車や歩兵は攻撃性のしるしと受け取られるかもしれないが、われわれが持っているようなものでは、あのロボットにとって深刻な脅威になるとはまず考えられない。一方でテーミスは、ことによると彼らを手こずらせるかもしれない。異星人たちになじみのある顔を見せることは、対話のいいきっかけになるかもしれないが、この地球上で唯一彼らを傷つけられるものを派遣するのはそれほどすばらしい考えではないかもしれない、という議論の余地はある。

——簡潔。断固としているが、協力的。気に入りましたよ。上着をお取りなさい。出かける時間です。

——二度目にこの仕事をわたしに引き受けさせようとしたとき、自分がなんといったか覚えているかね？

——ええ。

——きみはこういった。「わたしはあなたのために、二度と誰も殺す必要がない軍のポストを見つけたのですよ」

——わかっています。わたしはまだその約束を守るつもりでいますよ。

ファイル番号一四一六
EDC、カーラ・レズニック大尉との会話
場所：大西洋のどこか

——おはようございます、ミズ・レズニック。あなたを起こしてしまったのでなければいいのですが。

——嘘でしょう！　いいえ、ご心配なく！　ちょうどシャワーから出たところです。トップデッキをぐるぐる走ってたんですよ。十年ぶりに話している気がしないのはどうしてでしょうね？

——わたしたちが最後に会話をしてから八年になります。いま話せますか？

——誰かに話を聞かれる可能性はあるか、ということですね？　それはないでしょう、ヴィンセントはまだ自分の寝床で眠ってますよ。

――わたしはあなたが忙しいか尋ねたつもりだったのですが。

――これこれ。

――なんですって?

――これですよ!

――……

――いいえ、わたしは忙しくありません。話をする時間はあります。

――あなたはいまどこに?

――大西洋の真ん中ですが、それはすでにご存じですね。

――船のどこにいるのかという意味です。

――わたしたちの部屋に。わたしたちは小さな……ここはほんとうに小さなアパートの部屋みたいなものなんです。長椅子が一脚にテレビが一台、簡易キッチンがあります。

――あなたがたが快適に過ごしていると聞いて嬉しいですよ。国連がその船を手に入れたときに、快適に生活するための設備を用意するよう頼んでおいたのです。あなたが前の船をどれほど嫌っていたかはよく知っていますから。

――もう、以前とは大違いですよ。前に乗った船は穀物の輸送用で、わたしたちは密航者のようなものでしたから。この船はわたしたち専用に整備されています。ほかの目的で使われることはいっさいありません。わたしたちがいまだに二段ベッドで寝ている理由はよくわかりませんが。あなたはどうしておられたんですか？　きっとわたしたちがいなくて心底退屈しておられたんでしょうね。

――まさかと思われるでしょうが、世の中にはあなたを中心にまわっていない物事があるのですよ。多くはありませんが、わたしがそこそこ忙しくしているには充分なほどね。

――わたしは元気にしておられたのか尋ねていただけですよ。話をするのは八年ぶりなんですから！

――わたしの私生活について尋ねていたと？

――ああ、いかにもあなたらしい！　でもどうしてこんなに長いあいだ？　ドクター・フランクリンとは何度も話しておられたのは知ってますよ。

――あなたとミスター・クーチャーはうまくやっておられるようでしたから。話をする必要性を感じなかったのです。

――ちょっと挨拶するくらいはできたでしょうに。

――世間話にはある種の互恵主義が求められますし、わたしからお話しできることはありません。ですがさっきもいったように、国連がその船を手に入れたときに、快適に生活するための設備をいくつか調《ととの》えるよう頼んでおきました。

――つまりあなたはわたしのことを考えたと……一度だけ。何年か前に。

か？

――そのとおりです。たしかプエルトリコであなたは、わたしについてなにかおっしゃっていましたね。中身はとても感傷的、でしたか？　ドクター・フランクリンはどんな様子ですか？

――それは、直接話をされたのならおわかりでしょう。以前より少し陰がありますね。しばらくたてばなくなるだろうと思っていたんですが、十年近くたっても変わらないところをみると、あれが新しいドクター・フランクリンなんだと思います。でもわたしたちは相変わらず、わたしと彼女は、とてもうまくやっていますよ。彼女はヴィンセントのことも気に入っています。ほかのみんなのことはそれほどでもありませんが。

――ドクター・フランクリンは心に深い傷を負ったのです。それは予想されたことでしょう。

――つまり彼女は死んだと。それは知っています。その場にいたんですから。わたしがローズを殺したんです。そのあとで、彼女は四つ若くなって戻ってきた。どうやって戻ってきたのかは、一度も話してくれたことがありません。彼女は知っているんですか？

――知りません。

——あなたは？

——知りません。

——もし知っていてもわたしには教えてくれないんでしょうね。

——おそらくそうでしょうが、わたしはほんとうに知らないのです。それから正確にいえば、ドクター・フランクリンが人生で失ったのは三年だけです。四年目は死んでいましたから。

——あなたに励ましを求めてもむだなんでしたね。彼女がうまく対処できないのは無理もありません。死んでからまた戻ってきたのはわたしじゃありませんが、それでも頭がおかしくなりそうですよ。なにしろわたしとヴィンセントは彼女が死ぬ前、毎日一緒に過ごしていたんですから。わたしたちがあれだけの時間を一緒に過ごしたのは、誰だったんですか？

——ローズ・フランクリン博士です。

——そう、そのフランクリン博士は死んだ。いまわたしたちが一緒に過ごしているローズ・フランクリンは、そのことをなにも覚えていないんです。

——それがどれほどややこしいことかはわかっています。わたしもこの状況にはあなたと同じくらい困惑しているのですよ。答えがわかったらお知らせしましょう。あなたとミスター・クーチャーの関係がどうなっているのか、伺ってもかまいませんか？

——この数年間、わたしたちを見ておられたのでは？

——わたしの知るかぎりでは、あなたもミスター・クーチャーも監視されてはいませんでした。

——それはすばらしい。わたしがいったのはテレビ出演のことです。いったいわたしたちがなにをしていたか、ご存じなんですか？　あなたがあのときいっていた、ほとんどはパレードと写真撮影になるだろうという言葉は、冗談じゃなかったんですね。わたしたちは一日二時間、研究室でテーミスについてさらに知ろうとしています。最長でも一週間に十から十五時間で、それはニューヨークにいるときの話です。ツアー中は研究はいっさいなしです。残りの時間はあなたが予想しておられたようなものです。パレードはそう多くありません。なにしろ彼女が踏むと道路でさえ壊れてしまうので、後始末がとんでもないことになるんです。その費用と警備を進んで引き受ける都市は多くありません——ですが、たしかに写真はたくさん撮っています。たいていは三面記事用に。わたしたちは学校や病院を訪問します。小児病院は最高ですよ。ヴィンセントは子どもの扱いがうまいんです。例の膝らしきものが役に立ってはいますが、ほんとうに子どもの扱いが上手です。わたしたちはサーカスの出し物なんです。

——あなたにしてみればきっと、そのすべてがいやでしかたないのでしょうね。

——そう思われるでしょう？　ところが違うんです。ご機嫌な日常業務なんですよ。食事は上等だし、ホテルの部屋も最高。ジェニーがわたしたちの面倒をよく見てくれています。

——ジェニーというのは？

——ツアーマネージャーですよ。諸々の予約や特別な要求に対処してくれています。さっきもいったようにわたしたちは出し物なんです。最初のうちはひどいものです。一カ月たてばやめるだろうと思っていましたが、そこそこ楽しんでますよ。でもわたしはひどいものです。インタビューはあらかじめ録音しておくか、誰かにわたしのいうことの半分を電子音で消す用意をさせておかなくちゃなりません。いまはほとんどヴィンセントがしゃべってます。わたしは子どもの扱いもあまり得意ではありません。彼らには皮肉のセンスというものがまったくないんです。一度病気の子どもを泣かせてしまいました。たしか白血病を患っている女の子で、わたしはその子を泣かせてしまったんです。

——あなたがなにを楽しいと思っておられるのかわかりませんね。

——PRの部分はだめですね。もしそれだけだったら……わたしが楽しんでいるのは、それについてくるものです。わたしたちの労働時間は一日に二、三時間です。ジェニーは働きすぎだと思っていますが、かつてわたしたちがデンバーで十六時間交替の勤務についていたことを知りませんから。これをどういえばいいんでしょう？　わたしたちは一緒に旅をしています。長い時間ふたりきりで過ごしています。まだ殺し合おうとはしていません。なんというか、この感じは……

——ふつう？

——ええ。それです。

——あなたはそのあいだずっと、ミスター・クーチャーにプロポーズさせずにいられたのですか？

——そのようですね。正直なところこの二年ほどは、本気で阻止しようとはしていませんが。

——なにがあなたの気持ちを変えたのでしょう？

——違うんです。わたしの気持ちは変わっていません。もうその必要を感じなくなっただけです。彼はわたしをあきらめたんだと思いますよ。

——そのことが気になりますか？

——たぶん少しは。わたしは心のどこかで自分の気持ちが変わることを期待していたんだと思います。それがヴィンセントにとってどんなに重要なことかはわかっています。彼は自分と同じくらい子どもをほしがっている誰かと一緒になるべきです。それがわたしではないことに、ようやく気づいたんだと思いますよ。どのみち、もうどうでもいいことですが。

——それはどういう意味でしょう？

——なんといえばいいか。わたしたちはあの異星人のロボットと対面しに向かっているところです。わたしたちは……帰ってきた。わたしは帰ってきたんです。とにかくそんな感じがします。そんなふうに感じるなんて、わたしは恐ろしい人間でしょうか?

——どうやらあなたは自分より強い敵の手にかかってたちまち命を落とすほうへ向かっているところで、なぜかそのことを喜んでいるようだ。最初に頭に浮かぶ言葉は「恐ろしい」ではありませんね。

——喜んでいるのではなくて、もっと……充実しているといったほうがいいかもしれません。わたしがいおうとしているのは、いまは違和感がないということです。もしかしたらふつうの暮らしは性に合わないのかもしれません。わたしは自分らしくないなにかになろうとしていたのかもしれませんね。

——あなたの自分探しの旅を邪魔したくはありませんが、地球規模の危機が迫らなくてもあなたらしくいられる方法があるのはまず間違いないと思いますよ。単純に家族を持つことを怖がっているのかもしれないという可能性は、考えましたか?

——うーん。ちょっと待ってください……いいえ。それは考えたことがありません。でも、わたしのことはもう充分です。あなたのことを話してください……わかりましたよ! それで、あの大きな異星の男について、なにか教えていただけることはありますか? ドクター・フランクリンからは彼がうちの女の子より大きいと聞きましたが、わたしたちが知っているのはほぼそれだけなんです。

――わたしはついさっきまでEDCの打ち合わせに出ていたのです。ドクター・フランクリンと彼女のチームは、まだデータを集めているところです。新しい情報はありません。

――あれは動いたんですか？

――いいえ。光出力も安定しています。なんらかの信号を受け取るか発するかしている様子はありません。

――だったらわたしたちはなにをすることになっているんです？　彼のところへまっすぐ歩いていって、その大きな異星人の手と握手するんですか？

――それと同じくらい単純なことかもしれませんね。さしあたりあなたがたはロンドンゲートウェイ港に上陸し、その裏の空き地に集合することになります。そこで指示を待つ。うまくいけばそれまでには、もっと多くのことがわかっているでしょう。悲観的と思われたくはありませんが、万一衝突が起こった場合のあなたがたの戦闘に対する備えがどういうものか、もっと知りたいものですね。ドクター・フランクリンの話では、あなたがたはエネルギーを収束して発射する方法を発見したとか？

——ええ、エネルギーを発射できることはわかっていました。わたしたちはそうやって、デンバーで研究施設を破壊したんです。あとはヴィンセントが倒れこんだボタンを見つけ出せばいいだけでした。残りは偶然見つかったんです。剣を作動させた状態でエネルギーを爆発させれば、ビームを撃てることがわかりました。剣が大きければ大きいほど、収束されたビームも大きくなります。ニューヨークにいるとき、わたしたちはニューロシェル近くの海岸で水面を撃って訓練しています。爆発は一街区ほどの大きさの穴を空け、またふさがります。あれはかなりクールな見物ですよ。もっとかたいものでも試して、かなり大きな岩を消しました。わたしたちの武器があのロボットに通用するかはわかりませんが、地球のものはなんでも消し去ってしまうでしょう。

ドクター・フランクリンが、ロンドンへいくのはいい考えではないと思っていることはご存じですね。

——知っています。

——そのことなんですが……わたしには彼女のいったことが、これまで聞いてきたほかのどんな話よりも筋が通っているように思えたんです。わたしたちは、テーミスの発見は意図されていたことだと決めてかかっていますが、もしそうではなかったとしたら？　彼らがここにやってきたのは、あれを取り戻すか、破壊するか、そういうことのためだとしたら？　もっとはっきりいえば、こちらにはあのロボットに対して深刻な脅威となるようなものは、なにもありません。ひょっとするとテーミスは別かもしれませんが。わたしたちは異星の種とのファーストコンタクトに、唯一相手に脅威とみなされるかもしれない手持ちの――自分たちのものでさえない――駒を送りこんでしまって、ほんとうにいいのでしょうか？　これはただの質問です。わたしは兵士ですから、もしあれの背後から近づいて尻を蹴飛ばせといわれればそうするでしょう。ですが、もしわたしとヴィンセントがそろって死んでしまうことを避けられるなら、なんというか……それにこしたことはないでしょう。

――同感です。あなたが理解しなくてはならないのは、権力者たちはあの異星人のロボットを、イギリスでもっとも人口の多い都市の真ん中にこれ以上なにもせずに居座らせておくつもりはないだろうということです。どこかの時点で人間の本性が優勢になり、彼らはなにかを送りこむでしょう。そのなにかがテーミスでなければ――ついでにいうとあれは、例の新しいロボットにとってなじみがあるかもしれない唯一のものでもあります――イギリス軍になるはずです。もしそのふたつのどちらかを選ばなければならないとすれば、わたしはあなたがたを派遣するでしょう。

――なにか兵器がくっついていないものを送りこめないんですか？　かわいくて、どうとでも取れるような。バーニー（アメリカの子ども向け番組に登場するティラノサウルスを擬人化したキャラクター）とか子猫の群れとか。「未知との遭遇」はごらんになりましたか？　あれにキーボードを弾いて聞かせたり、光のショーを見せたり、手話を教えることもできますよ。

――アイディアとしては酷似していますが、イギリス政府はその点であなたの先をいっていますね。彼らはファーストコンタクト手順なるものを開始しています。

――あまり知りたくないような。

――彼らは公園のまわりにスクリーンを設置し、遺跡や動物、都市、古い映画の一部を映して見せています。それにスピーカーから五、六〇年代の音楽を流しています。

――なぜそんな古いものを？　どうして新しい音楽じゃいけないんです？

――きっとその論理的根拠は、異星の種がとらえるほど遠くまで到達した信号はどれも、はるか以前に地球から発せられたものだろうから、ということでしょうね。

――すると彼らがエルヴィスを目当てにやってきたのなら、がっかりすることはないだろうと？

――間違いなく親密感を生み出すことを意図したものです。少々間に合わせの感は否めませんが、地球外生命体を見つけるというのは微生物や極端に規則的な電波信号を見つけることだと科学者たちが考えていたのは、理解してやらなくてはなりません。今日われわれが直面しているような事態になるとは思ってもいなかったのです。このすべてがどれほどむだに思えるかはわかっていますが、少なくともわれわれの活動の邪魔にはなりませんし、あたかも政府がなにかしているように見せてくれますからね。

――すると、最良のシナリオはこうですか？　彼らがイギリスの光のショーを気に入ってロボットから出てきて、夕食を食べていくと？

――わたしは誰もが密かに、あるいは公然と、彼らがあっさり立ち去ってくれることを願っていると思います。もし立ち去ってくれないなら、わたしたちはあちらから対話をはじめて、交渉条件を提示してくれることを願うでしょう。科学技術上、彼らのほうが明らかに優位にあるわけですから、それがもっとも論理的で安全な行動指針に思えますね。

――いったいどうして二、三日で立ち去るためだけに、はるばる旅してくると?

――大変興味深いことに、おそらくわれわれでも同じことをするでしょう。少なくとも半世紀前ならそうしていたはずです。これは都市伝説かもしれませんが、五〇年代にアメリカ軍が、もし地球外知的生命体が見つかったらどうするかを検討したと聞いています。彼らは七段階の手順を考えました。まずは遠隔監視からはじめ、やがて密かに異星人の惑星を訪れて、もし自分たちの兵器や科学技術が相手より進んでいると感じたら、短い着陸を繰り返すようになるでしょう。その際には動植物の標本を集め、ことによるとその過程で異星人をひとりかふたりさらうかもしれません。そのあとで可能なかぎり多くの異星人にわれわれの存在を知らしめ、もし相手の反応に満足すれば、接触を図るというわけです。

――それで、もし異星人のほうが優れていると感じたら?　その場合の計画は?

――彼らがわれわれを食料とみなさないよう祈りましょう。

ファイル番号一四二二
私的記録——EDC科学室長、ローズ・フランクリン博士

これこそが、わたしの恐れていたことだ。これこそが、わたしたちが……わたしが……テーミスなど見つけなければよかったのに、と思う理由だ。彼らはここにいる。いま、彼女の家族がここにいる。もしかしたら彼らは、テーミスを連れて帰るためにやってきたのかもしれない。そうであればいいのだが。そしてわたしも一緒に連れていってほしい。世界をあるべき姿のままにして。たとえわたしはあとに残るにしても、彼らがあっさり立ち去ってくれることを願っている。なんであれ彼らがやると決めたことを止める術は、わたしたちにはないからだ。

例のロボット——わたしたちは彼をクロノスと名づけた——は、テーミスより六千年以上進んでいる可能性がある。わたしたちの社会が同様の進化の道筋をたどってきたと仮定すれば、彼らの科学技術も同様に飛躍的に高まっているだろう。わたしたちはこの百年間で、その前の千年間に発明したより多くのものを発明したし、次の十年間でさらに多くのものを発明しそうだ。科学技術はどこかの時点で安定期に入り、発達がゆっくりになるかもしれないが、科学技術の進歩における六千年があれほど進んだ人々にとってなにを意味するか、わたしには想像も

つかない。文字どおり、想像できないのだ。テーミスは旧式になっているかもしれない、というのはきわめて控え目な表現かもしれない。彼女はロンドンにいるロボットにとっては、木のおもちゃのようなものかもしれないのだ。わたしはテーミスをあそこからできるだけ遠くに、できるかぎり長くとどめておきたい。残念ながらそれは、それほど長い時間にはならないかもしれない。わたしはあの区域から人々を退避させ、なにかを試みるのは六カ月待ってからにするよう提案した。もしあの異星人たちが接触を望んでいるなら、向こうにそうさせるのだ。より重要なのは、もし彼らがそのためにきたのではないなら、無理強いはしないことだ。ユージーンは――もしファーストネームで呼んでいるのを聞かれたら、彼に殺されてしまうだろう――イギリス政府にそのような忍耐力はないと明言していた。わたしはユージーンが好きだ。彼は独善的な六十歳の将軍に期待できるかぎりの広い心を持った、独善的な六十歳の将軍だ。だがユージーンは戦争を憎んでいる。彼は人生十回分以上の死を見てきた。わたしは彼が正しいことをすると信じている。

もしかわりが軍隊しかないのなら、テーミスを派遣するのはたしかに正しいことかもしれない。彼らはわたしたちのどの言語も解さないかもしれないが、銃を手にした一万人の男たちがなにを意味するかはきっとわかるだろう。もしわたしたちの報告ではっきりしているはずのことがひとつあるとすれば、それは防衛能力に関する件《くだり》だ。わたしたちが唯一ある程度の確度でいえるのが、地球上の兵器ではあのロボットにはほとんど、あるいはまったく歯が立たないだろうということなのに、軍隊の派遣を検討する理由さえわたしにはさっぱりわからない。それにあのロボットは少なくともテーミスと同じくらい強力なはずだから、どんな軍隊も数秒で壊滅させることができるだろう。そんなロボットと向きあいたいなどとは誰も思うはずがない。彼らはよくても無視されるだけで、最悪の場合はなにが起こっているのかもわからないうちにまったくのむだ死にをすることになるだろう。

しかしあのロボットがどうやってロンドンにたどり着いたのかには、興味がある。目撃者によれば、あれは音も立てなかったという。ただ、どこからともなく現れたのだ。わたしたちはもう何年間も推進装置を探してきた。アリッサがそういうものがあるかもしれないと考えたから、ということもあるが、主な理由はあればほんとうに便利だからだ。わたしたちはずっとそれを、ただの推進装置、テーミスに空を飛ばさせるある種のジェットパックのようなものだろうと考えてきた。なにも見つからなかったので、今度はわたしたちは彼女の足から炎が噴き出すのを期待しながら、スロットルや昇降舵、方向舵に相当するものを操作するコマンドを探してきた。だが、もし推進装置ではなかったとしたら？　もしテーミスがほんとうに長い距離を移動できるなら、ロンドンに現れたあのロボットと同じやり方なのかもしれない。もし彼女がどこでもいきたい場所へ、自身を転送できるなら、そのコマンドはまったく違ったふうに見えるだろう。それは一連の座標を設定して実行ボタンを押すような、単純なことかもしれない。もちろんそのような座標システムの仕組みはわたしには想像もつかないが、ヴィンセントなら、もしその機会があれば興奮して理解しようとするだろう。

わたしはカーラとヴィンセントがあのマシンに対してそれほど長く持ちこたえられるとは思

わないし、もしテーミスが破壊されれば、それは間違いなくわれわれみなにとって終わりのはじまりになるだろう。

　わたしは自分が間違っていることを心から願っている。あのロボットのハッチが開いて、変てこな脚をしたご機嫌な異星人がみんなをハグしに出てくることを願っている。EDCの誰もが異星人との初めての接触にひどく興奮しているから、わたしはできるだけ自分の悲観論を隠そうとしている。彼らはすでにわたしのことを、鬱病《うつびょう》の一歩手前だと思っている。もしわたしがほんとうはどんなふうに感じているかを話せば、投薬治療が開始されるだろう。

　だがわたしは、なにか恐ろしいことが起ころうとしているという感覚を振り払うことができない。

　ひょっとしたら？　わたしはどうしても投薬治療が必要な状態なのかもしれない。自分の頭だけはまともだと信じるのは、通常いい精神状態の兆候ではない。心的外傷後ストレス障害《PTSD》の兆候だ。そうなることは覚悟するよういわれている。そうだといいのに。それなら治療できる。あいにくわたしが抱えている問題の治療法は、ひとつしかない。

ファイル番号一四二七

英国議会庶民院における討議
十二月六日水曜日
十一時半に開会

祈禱《きとう》

〔議長着席〕

議事進行上の問題

十二月六日、第一三二五号

ダニエル・スチュアート（ラトランド・メルトン選挙区選出、自由民主党）：議長、議事進行上の問題につき、発言を求めます。去る月曜日、わたしは異星人がリージェンツ・パークを占有していることへの市の対応に関して首相に質問を行った際に、あるロンドンの公務員をいいあらわすのにきわめて好ましからざる表現を用い、己の意図をはるかに超えた非難をいたしました。その件につき、当該市職員および、この紳士が居住するイーリング・サウソール選挙区選出の同僚議員（サー・チャールズ・ダンカン）より、発言の取り消しを強く要請されております。わたしとしてはいかに心配し気をもんでいるかを伝えただけのつもりでしたが、明らかに不適切かつ不適当な言葉を用いてしまいました。ここにお詫び申し上げ、当該発言は公式に撤回したいと思います。

議長：このような礼節を示された議員に感謝します。議会は満足に思います。

サー・チャールズ・ダンカン（イーリング・サウソール選挙区選出、労働党）：議長、さらにその議事進行に係る動議につき、わたしからもラトランド・メルトン選挙区選出議員（ダニエル・スチュアート）の全面的な撤回に感謝いたします。

議長：礼は尽くされました。

十二月六日、第一三二六号

サー・ロバート・ジョン（ハートフォードシャー北東選挙区選出、保守党）：議長、議事進行上の問題につき発言を求め、ご指導を仰ぎたいと思います。昨日の議会議事録第六五四号において、わたしは国防大臣の発言に割りこみ、われらがロンドンの困難な状況に関するNATOの見解を確認していただくようお願いしました。そして大臣は、NATOがわれわれの内政不干渉主義を支持していると請けあわれました。ところが同じ日の午後、フランスのプパール国防大臣が、パリでこう発言しています。

「シ　ローンドル　ヌ　ティヤン　パ　テット　ア　セット　アンヴァイスール、ラ　フラーンス、ル　オータン、ウー　ル　モーンド　ドゥヴレ　ソン　シャルジェ」

ざっと訳すとこうなります。「もしロンドンがあの侵略者と対決するためになにもしないなら、フランス、NATO、あるいは世界がやるだろう」国防大臣は記録を正すために、先の回答の修正を望まれるでしょうか？

議長：わたしは翻訳の労をお執りいただいた議員にして教養ある紳士に感謝するとともに、彼がフランス語《ラ・ラーング・ドゥ・モリエール》に熟練しておられることに感銘を受けました。議員にして教養ある紳士が心からこの国の最大の利益を考えておられることは確信しておりますが、いまのお尋ねはフランスの大臣の発言にもとづいて国防大臣が回答の修正を希望するか、というものであります。大臣にかわってお答えするのは僭越《せんえつ》ではありますが、わたしにはプパール大臣がNATOを代表して発言したのではないというそれなりの確信がありますし、彼が世界の代表としてどのような公式の立場にもないことは、さらに自信を持っていうことができます。フランスに関していえば、プルミエミニストル――ざっと訳すと、首相――は今朝、プパール大臣の声明は首相の不安を伝えるための言葉の綾であり、フランス政府はこの件に関して英国の主権に委ねるといっています。記録にいっさい間違いはないように思われますから、国防大臣が自らの回答を修正する必要を感じることはないはずです。われわれは本題に取りかかろうではありませんか。

十二時十四分

議題（本日）

十二月六日、第一三二七号

ロンドンからの退避と安全性

法案の提出許可を求める動議（議事規則二十三番）

デボラ・ホースブルグ（ルイシャム・デトフォード選挙区選出、保守党）：以下の動議の提出許可を求めます。

国防大臣に対してリージェンツ・パーク周辺からの退避と王室騎兵隊の展開を命じるよう求める法案の提出許可を、いただきたいのです。

明日は日本が真珠湾を攻撃した記念日であります。彼《か》の攻撃は正当な理由もなく予告なしに行われ、ルーズベルト大統領に十二月七日を「恥辱の日」といわしめました。

予告なしにです。攻撃する側は不意打ちによって得られる利益を求めますから、攻撃に警告が伴うことはまずありません。

その点、ロンドンが不意打ちされることはないでしょう。今日われわれが直面しているもの、この議場からほんの三キロあまりのところに立っているものは、物陰から撃ってはきませんでした。真夜中に忍び寄ってはきませんでした。夜明けにわれわれの都市の真ん中に現れ、二日のあいだじっとふてぶてしくそこに立っています。もしあれが明日ロンドンを攻撃するなら、それはおそらく人類史上もっともはっきり予告され、もっとも大々的に公表された攻撃になるでしょう。しかしながらわれわれには、起こる可能性があることに対してなにひとつ備えができておりません。今日までわれわれはまったくなにもせず、目前に迫っているかもしれない攻撃に対してなんの備えもしていないのです。ロンドン市民はいまだに、侵入者から通りを数本隔てた自宅にいて、完全に隙だらけの状態です。この建物、ここ千年のあいだに王室の住まいから近代民主主義の発祥の地へと変貌を遂げたこの宮殿は無防備です。もしわれわれが明日の攻撃の犠牲者になれば、十二月七日は、どれほど警告をしてもわれわれにはむだであったという愚かさの記念日として生きつづけることでしょう。

十二月六日、第一三二八号

ロンドン市民の大部分は、逃げるべきときに逃げておりません。彼らがとどまっているのは、一部には不注意からという側面もあるでしょうが、ほとんどはもう十年近くもEDCに洗脳されてきて、われわれが生きている宇宙は友好的な生き物であふれた安全で平和なところである、と信じこんでいるからです。EDCはそれが守るはずの人々の安全よりも、己の存在を正当化することに熱心な組織です。そして政府はそのプロパガンダに目をつぶったばかりか、積極的に宣伝し、その構築に荷担してきたのです。

政府には正しい行動を取ることができるという思いから、わたしはこの動議を提出いたします。セントラル・ロンドンからの退避です。王室騎兵隊を投入すれば、ロンドン市民、英国のよき人々、世界、そしてわれらが偉大な都市の真ん中に立っている異星人たちみなに、われわれの主権はなんのとがめも受けずに踏みにじることができるようなものではないと知らしめることになります。われわれがいまでも偉大な国家である、誇り高い国家であるとみなに知らせるのです。率直に申し上げて、なにもしないのは英国的ではありません。

十二時三十七分

フィリップ・デービス（シプリー選挙区選出、労働党）：わたしはたとえルイシャム・デトフォード選挙区選出議員（デボラ・ホースブルグ）が虚偽にもとづいて提案しているから、というだけの理由であっても、本動議に強く反対いたします。第一に、この建物もシティも無防備ではありません。六千名近い部隊が通りを巡回しております。最後にわたしが確認したところではコンバーメア・バラックス（王室騎兵隊の本部がある）は移転しておらず、セントラル・ロンドンから四十キロ足らずのところにあります。王室騎兵隊は警戒態勢にあり、四十分足らずで駆けつけられるところにいるのです。第二に、わたしはロンドン市民がわが家を捨てないからといって不注意呼ばわりされるのを、黙って聞いているわけにはいきません。わたしの知るかぎりではルイシャム・デトフォード選挙区選出議員はいまだにロンドンにお住まいのはずで、だとすれば彼女自身が不注意、もしくは偽善者だということになるでしょう。わたしは――〔野次〕

議長：静粛に、〔野次〕、静粛に願います。

十二月六日、第一三二九号

国防大臣（アレックス・ダン）：議長、わが尊敬すべき同僚の発言に少し付け加えさせていただけるなら、いまの真珠湾を引き合いに出したきわめてばかげたたとえについていわせていただきたい。あの攻撃は正当な理由もなく、予告なしに行われました。ルイシャム・デトフォード選挙区選出議員（デボラ・ホースブルグ）はご自身の言葉に耳を傾けられるとよろしいでしょう。あの発言のなかでもっとも重要なのは、正当な理由もなく、という言葉であると思われます。万一あの前日にアメリカ太平洋艦隊が東京湾付近に展開していたら、歴史は日本の攻撃についてまったく異なる見方をしていたことでしょう。わたしは行動を起こすことを渋っているのではありませんが、格好をつけるためにろくに知らない相手を挑発するつもりはありません。太刀打ちできない敵に挑ませるため、さも立派そうな任務に兵士を送り出すつもりはありません。戦争をはじめるつもりはないのです。それこそ非英国的というものでありましょう。


採決が行われ（議事規則二十三番）、承認された。

指示、
デボラ・ホースブルグとハリー・ギルバートは法案を提出するように。

それを受け、デボラ・ホースブルグが法案を提出。

法案は第一読会にかけられ、これにより十二月十二日に第二読会にかけられることとなり、印刷される（法案一一六）

首相が受けた質問に対する口頭での回答――

十二月六日、第一三三〇号

ダニエル・スチュアート（ラトランド・メルトン選挙区選出議員、自由民主党）：サンデーテレグラフ紙に掲載された全国の世論調査によれば、六十二パーセントのイギリス人が政府の対応は不充分だと思っています。人々の恐怖を和らげるためになにをなさるおつもりなのか、首相からお話し願えるでしょうか？　それとも議会を前にして、イギリス人の三分の二をあっさり無視するとおっしゃるつもりでしょうか？

首相（フレデリック・カニング）：これは人気投票ではありません。いまは正しい行動を取るべきときであり、ときに正しい行動を取るというのは辛抱するという意味であります。われわれは現状に対処しなくてはなりません。英国が国連として知られる世界的な組織の一員であるというのも、その一部です。その組織には、このような状況を扱うことを唯一の目的とする部門が存在します。われわれには世界のほかの国々に対して、全惑星を危険にさらすような早まった行動を取らないようにする責任があります。たしかにこの状況はロンドンの人々だけでなく、すべての人に不安を与えています。われわれの行動は、地球と異星文明の関係を決定づけるでしょう。わたしはそのことを軽んじるつもりはありませんし、世論の圧力に屈して人々を危険にさらすつもりもありません。

ダニエル・スチュアート（ラトランド・メルトン選挙区選出、自由民主党）：現政権が生きのびているのは自由民主党票のおかげであることを、首相には思い出していただきたい。もし政権の維持を望まれるなら、われわれの懸念を無視することは少数与党の政府の首相にとって軽率といえるでしょう。首相は次の選挙までイギリス国民を無視できると思っておられますが、われわれの存在を、あるいは選挙がずっと前倒しになる可能性を、無視するわけにはいきません。自由民主党は黙っていないでしょう。その一員としてわたしは、来週の第二読会で自らの票を投じる前に、これらの問題についていささか真剣に考えるつもりです。

ファイル番号一四二九
職業不詳、ミスター・バーンズとの面談
場所：ワシントンDC、デュポンサークルの新王朝中華料理店

——ごきげんよう、ミスター・バーンズ。失礼ながらあなたの分も注文しておきましたよ。

——インドネシアンライスを頼んだのかね？

——クンパオチキン（鶏肉とナッツの唐辛子炒め）です。なにしろ九年ぶりですからね。

——もしおれが昨日もここにきてたらどうするんだ？　知ってるとは思うが、たとえあんたがそばにいなくても人はものを食うんだよ。

——申し訳ない。差し出がましいことをするつもりはなかったのです。十年近く連絡が取れなかったので、てっきりあなたは町を離れておられたのだろうと思っていました。それにこの

店は監視させていましたから、最後にわれわれが会って以来あなたがここで食事をしておられないことは知っています。

——九年間も？　おれは気をよくするべきなんだろうな。

——営業時間内だけですが。

——当然だ。おれのために誰かに残業をさせたいとは思わんからな。今回はその辺に狙撃手はいないんだな？

——ええ。今回はいません。

——おお。感動したよ。あんたはどうしてたんだね？

——忙しくしていましたよ。あなたが消えてしまった理由を教えていただけませんか？

——おれは消えてなんかいないぞ！　おれは……忙しかったんだ。それにこうして戻ってきただろう！

——巨大な異星人のロボットが一体、突如としてロンドンの真ん中に現れたちょうどそのときにあなたは戻ってこられた。これは……都合のいい話に思えますが。

——わかってるさ！　おれがもう少しであれを見逃すところだったなんて、信じられるか？

——あれはテーミスをつくった人たちですか？

——ああ、たしかに彼らだ。

——彼らの意図を教えていただけませんか？

——おれは知らないんだ。いまは——

——あのロボットはいまのところ動いていません。

——あれは動いていないかもしれんが、なにかはしている。いまは周囲のあらゆるものや人をスキャンしているところだ。

——どういった目的で？

——好奇心をそそられているのかもしれんな。

——われわれはなにをするべきなのでしょう？

——いまか？　飯を食うべきだな！

——お願いです。われわれはいま、歴史上きわめて重要な瞬間に立ち会っているのです。新たな発見の時代の先触れとなるか、あるいはわれわれすべてを滅ぼすかの。いったいどのような……個人的信念からわれわれに手を貸さないでいるにせよ、あなたは目の前の危機に照らしてじっくり考えられるべきでしょう。

——もしおれがなにか見当違いな主義のせいで隠し事をしていると思っているんなら、あんたはほんとうにおれのいうことをなにも聞いてこなかったんだな。あのロボットはなんであれ、ここでやりにきたことをやるだろう。あんたたちがどうこうできることじゃない。いまあんたたちをスキャンしているなら、やらせておくんだな。

――あれはテーミスを目当てにやってきたのでしょうか?

――そうかもしれんな。それがほんとうに問題か? 現にここにいるのに。

――宇宙航行に関するわたしの知識はきわめて限られたものですが、もし彼らが故郷の世界からわたしたちの惑星に数年、あるいは数十年かけて旅してきたのなら、最近起こったこと、つまり彼らが埋めたロボットをわれわれが発見したことは知らないかもしれない。あなたにはばかげたことに聞こえるかもしれませんが――

――いやいや! とんでもない。惜しいところを突いてるぞ。向こうからこっちにくるのにかかる期間は十日ほどだ。だが、おそらく彼らがその間に起こったことはまったく知らないだろうというのは、まさしくそのとおりだよ。もしあんたが先週、なにかほんとうに悪いことをしていたとしても、それについてはぎりぎりで罰を免れられるかもしれんな。

――わたしの無知を茶化しても、質問をやめさせることはできませんよ。わたしは戦争を防ごうとしているのです。きっとなにか、平和的解決の可能性を高めるような話をしていただけるはずです。

――あんたはリスが好きか？

――わたしが黙示録的規模の衝突を防ぐのに手を貸してほしいと頼むと、あなたはこう答える。「あんたはリスが好きか？」

――そうとも。リスの面白い話があるんでね。

――当然そうでしょう。ぜひ聞かせてください。

――リスは毎年、何千個という木の実を隠すことができる。連中は――

――どの種類ですか？

――それが問題かね？

――何種類かいますからね。木の実をひとつひとついろいろな場所に埋める種類もいれば、地上にためこむ種類もいます。

――種類はわからんな。しっぽのふさふさした灰色のやつだ。公園にいるやつだよ。連中は毎年秋になると何千個という木の実を埋めて、冬のあいだ腹が減るとそれを探す。だがリスの脳はとても小さい。全部どこに隠したかは覚えていないから――

――研究によれば、彼らが回収する木の実の量は埋めた分の四分の一といわれていますが――

――おれがいいたかったのはそれだよ。だからあいつらはそこらじゅうを嗅ぎまわって、ほかのリスが埋めたたくさんの木の実を見つけるんだ。

――わたしがいおうとしていたのは、彼らがかなりの数の隠し場所を記憶しているということです。研究用の環境では、四日から十二日後に自身の隠し場所から三分の二まで、木の実を回収してみせています。

――話の腰を折るのはやめてくれないか。これはお話なんだ。妖精が出てくる。いいや、妖精の種類は知らんな。

——申し訳ない。

——……

——どうか続けてください。

——手遅れだね。おれはいま好奇心をそそられている。あんたはどうしてリスについてそんなに詳しいんだ？

——仕事ですよ。リスは木の実を隠して空腹になったときに掘り出すだけではなく、略奪されていないかどうか隠し場所を確認し、しばしば蓄えを……整理して、別の場所に埋めなおします。一匹のリスが隠し場所を調べているときに食料を探している別のリスに出くわしたときには、様々な技を使って——空《から》の隠し場所へいったり、なにかを埋めるふりをしたり——略奪者の気をそらし、貴重な木の実がある場所が明らかになるのを避けるでしょう。わたしが少しのあいだ監視したあるプロジェクトでは、ロボットや自動操縦のドローンにリスが相手を欺く行動をまねさせる研究をしていました。たとえば軍の補給品を守るためのロボットに取り入れれば、近づいてくる敵を自分が守ろうとしているものから遠ざけるために、巡回ルートを変えることができるでしょう。

——軍用リスアプリケーションか。

——まさしく。さあ、お話を続けてください。

——どこまで話したかな？　ああ、そうだ、そういうわけでリスたちは自分が木の実を隠した場所をほとんど忘れてしまうんだ。ある日、どこかの町の公園に妖精が現れて、一匹の若いリスが雪のなかをあてもなく掘っているのを目にした。その哀れなリスは骨と皮ばかりにやせこけ、飢え死にしそうになっていて、ほかのリスたちと争ったせいで傷だらけだ。小さな胸を痛めた妖精はそいつに魔法の粉を少し吹きかけると、微笑《ほほえ》みを浮かべて飛び去った。

そのリスはくしゃみをして、小さな鼻に入った魔法の粉を追い出した。粉のおかげで頭がはっきりするにつれ、突然近くの木の根元にドングリをひとつ埋めたことを思い出した。ああ、それから向こうにひとつ！　そしてそこに！　あそこにも！　妖精はそのリスに、秋のあいだに苦労して埋めた食料すべてを見つけられるように、正確な記憶を与えたんだ。

春になって、いまだに自分がいいことをしたと鼻高々の妖精が、元気に成長したあのリスを見られるだろうと期待して、ふたたび公園を訪れた。公園のベンチに一匹の若いリスを見つけたが、あのリスはしっぽに傷があった。別の一匹が木を登っていたが、いや、それもあのリスではなかった。妖精はその日、百回以上も期待を裏切られ、そのあいだずっと、どうしてあのリスをピンクにしておくとか、何億兆匹というほかのリスと見分けやすいようにしておかなかったのかと自分に腹を立てていた。日暮れになり、妖精は疲れ果てて少し心配になった。彼女は魔法の粉を取り出して、最初に見かけたリスをしゃべるリスに変えた。

「こんにちは、小さなリスさん」妖精は声をかけた。「えっ……なんてこった！　しゃべれるぞ！」とリスが答えた。妖精は説明に取りかかり、自分が若く飢えた齧歯類《げっしるい》に完璧な記憶力を与えたこと、そしてなんとか彼を見つけたいと思っていることを話した。「きっとそれはラリーのことだね」リスが気まずそうに答えた。「あいつは乗り切れなかったよ」

弱々しいリスをなんとか助けようとするあまり、妖精は公園にいるほかのしっぽのふさふさした大食らいたちのことを考えていなかったんだ。ありのままのふつうのリスは、自分たちが埋めてから二十分ほどで戦利品を隠した場所をほとんど忘れてしまっていた。そして飢えに襲われると公園じゅうを探しまわり、なにか食い物はないかといたるところを掘り返したんだ。連中は自分が埋めた木の実の一部も見つけたが、ほとんどは記憶違いで、ちびのラリーを含むほかのリスたちが冬のために蓄えていたたくさんの木の実を食べてしまったのさ。

特大の記憶力のおかげで、ラリーは間違いをしなかった。自分が貴重なアカガシワのドングリを埋めておいた目印となる木、岩、藪《やぶ》、隆起、ゴミ箱、街灯柱を、すべて完璧に覚えていた。ラリーにとって不幸だったのは、ほかのリスたちがそこらじゅうを掘り返し、知ってか知らずか彼の蓄えのほとんどを盗んでしまったことだった。もしほかの連中と同じくらい間抜けだったら、途中で彼らの木の実の一部を見つけていただろうが、ラリーはもっと賢かったから、自分がドングリをひとつずつ埋めた三千六百八十三カ所をすべてまわったんだが、回収したひと握りの木の実では足りなかった。ラリーは何週間か前に死んでいたんだ。

妖精はその知らせに打ちのめされ、しゃべるリスをあとに残して泣きながら飛び去った。公園でただ一匹のしゃべるリスは、みなから仲間はずれにされることを恐れながら惨めな生涯を送ったとさ。

——それでおしまいですか？

——そうとも！　あんたはどう思う？

——わたしは……リスの話は好きですし、いまのはとても面白かったと思いますよ。ちびのラリーの絶望がほんとうによく伝わってきたし、彼の死の知らせには悲しくなりました。その点を考慮したうえで——そしてわたしの洞察力の欠如をあまり厳しく判断しないでいただけることを期待して——いうのですが、この話のどこがロンドンの異星人と関係があるのでしょうか？

——ああ、彼らとはなんの関係もないさ。これはあんたについての話なんだからな！

——わたしがそのリスだということですか？

——そうとも、あんたはちびのラリーだ。いいか、おれはたくさんのことを話して、あんたが探してる「最善の行動方針」を見つけ出すためのあらゆる情報で頭をいっぱいにしてやることができる。残念ながら、彼らが見にきたのはあんたじゃない。目下連中が興味を抱いているのは人類であって、あんた個人じゃないんだ。もしおれがなにか話したら、あんたは必死で事態を制御しようとするだろうが、それは無理だ。必ず失敗する。なぜなら公園にいるリスはあんただけじゃないからだ。NATOかロンドンを二、三日引き止めておくことはできるかもしれんが、その状態は永遠には続かん。人々はやりたいようにやるし、結局あんたは自分にはほんとうにどうしようもないことに責任を感じて惨めになるだろう。おれはあんたが好きだ。惨めになってほしくない。

——いったいどうしてあなたがNATOの計画を知っているのですか？

——小鳥が教えてくれたのさ。小鳥はいたるところにいるんだ。おれがいいたいのは、あんたがいくら望んでも、この惑星の人間ひとりひとりをすべて操るのは無理だってことだ。

——わたしにどうしろとおっしゃるのですか？　ただなにもせずに座っていることは、わたしにはできません。

——あんたはほんとうに仕切りたがり屋だな！　あんたは自分がやってることをひたすら続け、ほかの連中は彼らのやりたいようにやるだろう。

——それから？

——おれにわかるわけがないだろう。ケセラセラさ……

——……

——おれの答えが気に入らないようだな。

——そのとおりです。

——そのスーツをどんなに気に入ってるかは話したかな？　今日のあんたはぱりっとしてるぞ。

——いいでしょう。降参です。ですがわたしには、あなたに助けを求めたい問題がもうひとつあるのです。それについて話しあうことを、あなたが同じように渋らないことを願いますよ。ドクター・フランクリンがひどく苦しんでいるのです。自分が自分ではないという考えに取りつかれています。彼女の身に起こったことを理解する手助けをしたいとどんなに思っても、わたしには説明できませんし、彼女がどれほどつらい経験をしているのか推し量ることもできません。

——自分ではないとはどういう意味かな？　ドクター・フランクリンはドクター・フランクリンだ。もしそうでなければ、誰か別の人間だということになる。

——彼女はクローンなのですか？

——クローンだって？　もちろん違うさ！　彼女は十歳に見えるか？　もしクローンなら、あんたが見つけたときには赤ん坊だったはずだろう。おれが生まれたての赤ん坊を道端に置き去りにすると、本気で思うのか？

——わたしがいったのは、完全に成長したクローンという意味です。

——ああ、映画に出てくるようなクローンか！　われわれはそういうことはしない。クローンは生まれるものだ。成長した人間を簡単にオーブンで焼き上げることはできんさ。

——だとすれば、ドクター・フランクリンは時を超えてきたことになるでしょう。わたしにはそれも、同じくらい信じがたい話に聞こえます。正直にいうとわたしは、サイエンスフィクションに分類されないような説明に窮しているのです。

——タイムトラベルか！　そうとも、おれはデロリアンで彼女のところに走っていって、時速百四十キロでドライブしたいか尋ねたのさ。

——好きなだけばかにしてもらってかまいませんが、彼女の身にはなにかが起こりました。もしビュンと時間を飛びこえさせたのではないなら、あなたはなにをしたのですか？

——すまない。あんな言い方をするべきじゃなかったな。ただし、タイムトラベルは可能だと聞いてるぞ。だが物理的対象を移動させることはできん。対象物、人々に関する情報を移動させて、別の時点でそれらを再構成するんだ。われわれには時間を操る技術はない。ドクター・フランクリンという存在をとらえ、ふたたびつくっただけだ。

――四歳若く？

――ふたたび姿を現す四年前、彼女は職場からの帰り道に自動車事故に遭った。一台のバンに追突したんだ。そのバンにはものを……移動させることができる、きわめて強力な装置が積んであった。移動させたいものについて、どこかで再構成するのに充分な量の膨大なデータを記録するんだ。おれの仲間が気を失っている彼女をバンに運びこんでスキャンした。そのときは彼女を移動させることはなく、万一その身になにかあったときのためにデータを蓄えただけだ。実際になにかあったわけだが。コンピューターのバックアップみたいなものだな。そう、われわれがそれを利用したときには、バックアップを取ってから四年がたっていたわけだ。

――あなたがたはなぜドクター・フランクリンを追っていたのですか？

――彼女はバンに追突した。だから厳密に解釈すれば、彼女のほうがわれわれを追っていたんだ。

――どうかわたしの質問に答えてください。

――答えたじゃないか！　万一彼女の身になにか起こったときのために、データがほしかったんだよ。

――しかしどうして彼女のデータで――

――あんたのではなかったか、ということか？　もしかしたら彼女はそんなに質問攻めにしないからかもしれんな。なにが知りたいんだ？　われわれはドクター・フランクリンを気に入っている。彼女は……特別だ。

――すると、今朝わたしが会った人物はコピーだということですね。

――彼女は彼女だよ。同じ人物であり、それ以上でも以下でもない。

――たったいまあなたは……バックアップ・データを使ってドクター・フランクリンをつくりなおしたとおっしゃったではありませんか。だとすれば彼女はコピーでしょう。

――この議論はほんとうにここでおしまいにするべきだな。もし続ければあんたは居心地の悪い思いをすることになるだろう。

——正直なところ自分がもっと知りたいと思っているのか、必ずしも確信はありません。しかしドクター・フランクリンが知らねばならないのは、絶対にたしかです。

——それならウサギの穴に飛びこむとしよう。宇宙入門講座だ。宇宙にあるものはすべて、なにもかもが、同じどろどろからできている。あんたが理解しやすくなるように、個別に分離できるものを取り上げるとしよう。原子。あんたが原子でできていることには同意するかね？

——高校には通っていましたよ。

——おれがいったのはそういう意味じゃない。あんたが原子で、原子だけでできていることには同意するかと訊いたんだ。原子のほかに、なぜかあんたを宇宙に存在するほかのすべてのものより重要な存在にしてくれる、なんらかのすばらしい力が加わったものではなくて。

——わたしの肉体が原子でできていることは理解しています。

——いいや、あんたはわかってない。人はけっしてわかっちゃいないんだ。おれがいってるのは、近所の猫に関する記憶、朝食の卵はどうやって食べるのが好きか、一度も両親に話したことのない物事、あんたをあんたにしているもののことだ。あんたは自分がなにでできていると思う？

――その答えは「A」ではじまりますか？

――知ったかぶりをするんじゃない。あんたが理解しているつもりなのはわかってる。あんたが理解したがっているのはわかってるんだ。初めて恋をしたときの気分、いままさに感じている自己不信。そういったものはすべて物理的に説明できるとわかってはいるが、心の底ではそれが自分という存在だと信じることを拒んでいる。それでは特別になるには不充分だと思い、特別になりたがっているからだ。誰でもそうさ。このおれもな！

――わたしには魂《たましい》はないとおっしゃっているんですね。

――無礼なことをいうつもりはないが、もし天国が存在するなら、連中があんたのためにパレードをしてくれるかは疑問だな。

――あなたは誤解しておられます。わたしは信心深い人間ではありません。自分が永遠に存在するとは信じていないし、存在したいとも思っていません。

——それなら、あんたが魂をどう定義するかの問題になるだろうな。あんたがこの件についてあまり考えたことがないのはわかる。

——それはどういう意味でしょう？

——あんたが考えているとき、脳のなかでなにが起こっているかは知ってるか？

——ニューロンが電気パルスを発生させています。

——よろしい。あんたの頭にある思考のすべては物理的過程だ。われわれはそれが事実だと知っているし、起こっているところを見ることができる。われわれはまた、感情を同様に説明できることも知っている。あんたが見聞きし、触れ、味わい、嗅ぐものは、明らかにあんたの肉体と結びついている。

——つまりどういうことでしょう？

——もし永遠の命に関わる問題でないというなら、あんたがなににしがみついているのかおれにはさっぱりわからんということさ。もしあんたに魂があるとして、原子の集まりとしてひとくくりにできないあんたのその一部は、物理的な存在ではないし、なにかを見聞きしたり、嗅いだり、触れたりすることはできんだろう。それは考えることができないはずだ。考えというものはいっさいなく、自意識もない。なにも感じることもできんだろう。あんたの魂は……穴……空《くう》なんだ。それには特別なところはなにもない。

——もしわたしがこう信じることを……もし自分は部品を寄せ集めた以上の存在だと信じつづけることを選んでも、許していただけるでしょうね。

——いや、実際そうなんだ！　それをはるかに上まわる存在だよ！　たいていのものがそうだ。ウィトゲンシュタインがいったように、箒《ほうき》の話をしてるとき、あんたは棒きれとブラシについて述べてるわけじゃない。宇宙というのは、ほぼすべてのものが部分を寄せ集めた以上のものであるという驚くべき場所だ。ありふれた水素をふたつ取って、酸素をひとつ加えたら、バン！　水だ！　水はただの酸素と水素か？　おれはそうは思わん。それは水だ！　それに魂はあるか？

——わたしの霊的本質は少しのあいだ放っておいて、ドクター・フランクリンのことを話せませんか？

――そうしよう。あんたはなにでできている?

――……原子です。

――よろしい。原子、素粒子やほかの材料でできているもの。物質。あんたは常温で安定する物質が、実に複雑かつ畏怖《いふ》の念を起こさせるような形で配置されたものだ。

――話の腰を折るつもりはないのですが、常温というのは?

――およそな。宇宙は安定性を好む。あんたがばらばらになって一千兆の小さなかけらかどろどろの水たまりにならないのは、そのおかげだ。だが安定しているのは、この温度のときだけだ。おおむね三十八度より高くなるか低くなると、あんたは崩壊しはじめる。

――心温まる話ですね。

――そうだろうとも。こう尋ねよう。あんたの原子は、いまあんたが座っている椅子や太陽、あるいはクンパオチキンを構成している原子と、どこか違うと思うかね?

――続けてください。

――もちろんそんなことはない。あんたを構成している材料の多くは、食い物からきている。あんたのなかにはバナナ由来のものがある。もしおれが塩入れから水素原子をふたつ取り出してあんたの水素原子ふたつと交換したら、あんたはどこか変わるだろうか？

――いいえ。それでわたしの本質が変わるとは思いません。

――もしおれがそのふたつより多くのものを交換したらどうだ？　全部取り換えたら？　なにをいわんとしているかはわかるな。もしどこかでひとかたまりの物質をつかみ取って、それをまったく同じようにまとめあげたら、おれは……あんたを手に入れることになる。わが友であるあんたは、物質を実に複雑で畏怖の念を起こさせる形に配置したものだ。なにでできているかはそれほど重要なことじゃない。宇宙に存在するものはすべて、同じものでできている。あんたはひとつの形状だ。あんたがいうところの「本質」とは情報だよ。材料がどこからこようがどうでもいいことだ。あんたは、それがいつからきたかが問題になると思うかね？

――そうは思いません。

――だからさっきいったように、ドクター・フランクリンはドクター・フランクリンなんだ。もしそうでなければ、彼女はなにか別のものだろう。

――こういってはなんですが、今日のあなたは一段と助けになりませんね。この会話を再現できるよう最善を尽くすつもりですが、正直なところ、ドクター・フランクリンが原子やバナナ由来の物質の話に永続的な慰めを見出《みいだ》すなら驚きです。

――もしそのほうが気が楽になるというんなら、おれが彼女と話して、いまのおれたちのやりとりをそのまま繰り返してやろう。もしあんたがそうしてほしければ、ということだが。

――わたしがその情報を伝えられるように話してくれてもいいではありませんか。

――彼女におれのことを話してないんだな?

――話していません。

――まったく、そのなんでも自分で仕切りたがる性格は誰かに相談するべきだな。

——食事の前にひとつ質問があるのですが。

——おれは真面目にいってるんだぞ！

——わたしもですよ。ひとつ伺いたいことがあるのです。

——あんたにはお手上げだな。完全に、まったくお手上げだ……なにを知りたいんだ？

——どうして彼女をわざわざアイルランドへ連れていったのですか？

——装置が近くにあったからだ。さっきもいったようにそれはものを移動させるためのもので、距離が短ければ短いほどふたたび現れる場所をコントロールしやすくなる。われわれは彼女を湖のなかや車通りの多いハイウェイに、ふたたび出現させたくはなかったんだ。これは見た目ほど簡単ではないのでね。

——それはいろんなふうに見えます。想像もつかない、信じがたい。簡単そうには見えませんが。

——だったら見た目どおり難しいんだ。ひょっとするとそれ以上にな。

——こんなことをお尋ねして申し訳ないのですが、あなたがたのしたこととタイムトラベルとはどう違うのでしょうか？

——あんたのいうとおりだな。本人にとっては一瞬の出来事に思えるだろうから、彼女から見ればまったく違いはない。われわれから見れば、そうだな、これはほんとうにごくゆっくりのタイムトラベルといえるだろう。

——意味がわかりませんが。

——あんたがいったように、なぜわれわれが時間を超えて高速で情報を送ることができないのかといえば、それがどこに到達するかわからないからだ。どういえばいいかな？　物質は速く動いている。ほんとうにとてつもない速さだ！　地球は時速約千六百キロで自転している。さらに時速約十万キロで太陽の周囲を飛ぶようにまわり、その一方で太陽は時速約八十万キロで銀河系のまわりを進んでいる。もちろん天の川銀河もわれわれの銀河群のなかを移動していて、その動きもとんでもなく速い。そしてそれらはすべて、絶えず膨張を続ける宇宙のなかで起こっている。それが四年間となれば、追いかけるにはそうとうな移動距離だ。きっと弾丸を使った適当なたとえがあるんだろうが、いまのところ的確な表現は思いつかんな。肝心なのは、われわれには無理だということだ。

だが彼女の情報は時間を超えた。それは四年間引き出しのなかにあったんだ。それが四年先の未来へ旅するには、四年かかったわけだ。

――すると死んでから再生するまでのあいだはドクター・フランクリンは存在しなかったが、彼女に関する情報はどこかの引き出しのなかにあった、と。

――この会話はやめておいたほうがいいといっただろう。やれ、ありがたい! 料理がきたぞ。

ファイル番号一四三三
監視記録――ワークステーション#3
場所：ニューヨーク州ニューヨーク市、EDC本部

[〇一：〇一] ロンドン時間で午前六時。ワークステーション#3、担当ジェイミー・マッキノン。リージェンツ・パークの遠隔ビデオ監視を続行。南東のカメラ1から5をモニター中。

[〇一：〇三] カメラ1を選択。画像を重ねる……午前五時の画像だ。完全に一致。動きはない。

[〇一：〇八] 表示モードを変更。赤外線に切り替え。温度表示に変化なし。熱反応は均一。ロンドンの気温は……摂氏八度、華氏四十七度。ロボットは周囲より二度高い十度を表示。

［〇一：二一］ふたたび可視光に切り替え。リー、誰か電磁気の測定値をチェックしたか？

〈相変わらずなにもなし。あれは岩みたいだ〉

数字でいってくれ。

［〇一：三一］カメラ2に切り替え。なんだっておれたちは、また深夜勤務をするはめになったんだ？

〈勤続年数だろう〉

おい！　それはないだろう！　おれたちはどっちもネイサンより長くここにいるのに、あいつはいないじゃないか。たぶんドクター・ドゥームに嫌われてるだけさ。

〈シーーッ！　彼女に聞こえるぞ！〉

まだここに？　あの女は眠ることがあるのか？

〔いいから仕事に戻れよ〕

［〇一：四三］どういうことだ？　リー、ちょっと詰めてくれ。なにが見えるか教えて……

〔鳥が飛んできてロボットにぶつかっただけだ。よくあることじゃないか〕

いいや、ズームできるかやってみる。さあ、なにが見える？

〔なんてこった！〕

すぐにドクター・フランクリンを呼べ！

［〇一：四九］〔どうしたの、ジェイミー？〕

こんばんは、ドクター・フランクリン。こんな時間にお騒がせして申し訳ありませんが、これを見てください。十分ほど前にカメラ2が映したものです。

〈鳥が一羽〉

待ってください。巻き戻しましょう。もっとよく見て。

〈ぶつかったみたいに見える……〉

そうなんです。

〈これがいいたかったのね？　金属の三十センチ手前で？　ただの目の錯覚かもしれないわ。同じものをカメラ4から見られる？〉

もちろん。巻き戻して〇六……四二。このあたりのはずです。

〈止めて！　ここよ。くそっ！　もう一度見せて……〉

准将を起こすべきでしょうか？

〈鳥が一羽だけでは……少し考えさせて〉

雨だ。

〔なに?〕

昨夜は雨が降っていました。

〔ああ。それはいい考えね、ジェイミー。すぐ再生できる?〕

はい。ほんのちょっと待ってもらえれば。録画時刻一覧から……三時にしてみましょう……だめです。

〔もっと早い時間を。一時半はどう?〕

ええ。雨が降っています。

〔なにも見えないわね。赤外線に切り替えて〕

なんてこった！

〔雨はロボットのどこにもまったく触れてないわ。よく思いついたわね、ジェイミー！〕

どうしてこれを見逃していたんでしょう？

〔わたしたちがこれだけなにも見えていなかったのは、自分の目を使うことを忘れていたからよ。ロボットのまわりのフィールドがどこまで広がっているか測定できる？〕

ええっと……二十八センチです。さあ、准将に電話しますか？

〔わたしはカーラに電話しないと。彼らは身を守れそうにないわ。肉にされるのを待ってる子羊みたいなものよ〕

ファイル番号一四三九
EDC顧問、ヴィンセント・クーチャーとの会話
場所：大西洋のどこか

――目的地まであとどのくらいですか、ミスター・クーチャー？

――朝には着くでしょう。ありがたいですよ、船酔いしてるんです。この二日間、海が荒れてましたからね。

――気持ちはいやというほどわかりますよ。海は苦手なのでね。

――あなたから電話をもらって嬉しいですよ。カーラはついさっきまでドクター・フランクリンと電話してました。そのエネルギーフィールドというのは、何なんですか？ ロボットのまわりにはなにも見つかっていないと聞いたんですが。

——見つかっていませんよ。われわれはまだなにも見つけられていません。ですがわたしは映像を見ましたし、あのロボットの二十八センチ以内にはなにも近づけないことは保証します。ドクター・フランクリンも、戦いになった場合にはあなたがたの撃つビームはあの異星人のロボットに届かないし、通常の物質のように蒸発させることもできないだろうと考えています。

——自分でもそういう結論に達しましたよ。

——どうやって?

——当然のことです。ぼくたちが剣で発するビームは、テーミスがエネルギーで満たされたときに放つ無指向性の爆発を収束させたものにすぎません。もしそれが彼女にとってほんとうに有害なら、デンバー空港を破壊したときにぼくたち自身も消えてなくなっていたでしょう。ですからもしそれを撃っても相手は消えないだろうというのはわかりますが、ぼくらの兵器になにか意味はあるんでしょうか?

——あなたがたの兵器は完全に役に立たないわけではないかもしれません。ドクター・フランクリンによれば、もし相手に届けばあの異星人のロボットをひと押しするとか一発殴るとか、なんらかの効果はあるかもしれないとのことです。おそらく深刻な被害を与えることはないでしょうが。

——ひと押しですって？　つまりぼくらの訓練は時間のむだだったってことですか？　カーラの狙いはかなり正確になってきてるんですよ。

——水面を撃っていたんでしたね。

——一度、岩を吹き飛ばしてやりましたよ。

——それは動いたり撃ち返したりしてきたのですか？

——いいえ。でもあれは大きな岩でした。剣と盾はどうなんですか？　あれはきっと効果があるでしょう。ぼくらは訓練の最中に盾でテーミスの左足をへこませたんです。それを使ってエネルギーフィールドを貫ける見込みはないんですか？

——わかりません。ですがたとえそれが可能でも、ゴヴェンダー准将は即座にこう指摘しましたよ。あなたがたはろくに戦闘訓練を積んでいないし、本物の敵を相手にしたことはまったくないとね。

——身長六十メートルのスパーリング相手は少々不足してますからね。あなたのお友だちはどうなんです？　彼は手を貸してくれるんですか？

——あなたがいっているのが、わたしのどの友人のことかわかりませんが。

——わかっているでしょう。テーミスについて、彼女の名前やティターン、異星人について、あなたに教えた人ですよ。そう、その友だちです。

——どうも……わたしには——

——いまあなたは、そのすべてを自力で知ったという説明をひねり出そうとしていて、まんざらばかげていないように聞こえる話はなにも思いつかない。そんなところでしょう？

——いい線をいっていますよ。こういえば充分でしょうが、もしそのような友だちが存在したとしても——

——こういってはなんですが、あなたの言い逃れは仮定にもとづいているんですか？

——今日は忙しい一日だったのですよ。いまいいかけていたように、もしそのような友だちが存在したとしても、あいにくわたしには彼が手を貸してくれると請けあうことはできないでしょう。

——それならあなたにはもっといい友だちが必要ですね。どうして彼は助けてくれようとしないんですか？　本気でぼくたちみんなが死んでしまうことを望んでいるとはいわせませんよ。

——ひょっとするとどうすればいいのかわからないのかもしれません。この遭遇の結末はあらかじめ運命づけられている、あるいは避けられないことだと思っている可能性もあります。どちらにせよわたしは、たとえ彼が協力を渋る理由を完全に理解してはいなくても、それは善意からだと思っています。

——仮定の話ですが……ぼくには彼が重要なことを隠しているように聞こえますね。でもぼくになにがわかります？　一度もその人に会ったことがないんですから。

——わたしも必ずしも異議は唱えませんよ。

――だったらぼくにこの件を整理させてください。手を貸してくれるものは誰もいないだろう。ぼくらが持っているひとつきりの長距離兵器は効果がないだろう。剣もおそらくなんの役にも立たないか、たとえ役に立ってもぼくらの腕前はひどいものだ。なにかいい話はないんですか？

――それが状況の正しい評価です。われわれはあなたがたの存在が攻撃のしるしとみなされないことを願っている、といえば理解してもらえるでしょう。

――願ってるですって？　悲観的なことはいいたくありませんが、もしあれがぼくらに会っていい顔をしなかったら？　もし触れることさえできないなら、どうやって戦えというんですか？

――あなたがたが戦うことは想定されていません。自己紹介を先のばしにするのは賢明なことに思えますね。

――それはあなたの意見ですか、それともＥＤＣの？

――わたしのです。

――そうだと思いましたよ。それで、どうやって先のばししろと？　ぼくたちは十二時間もたたないうちにロンドンに入り、召集されるでしょう。現場に派遣されるまでにあまり長いあいだ待たされることはないと思いますよ。

――でしたら、あなたがたの到着を遅らせましょう。

――船長がぼくの話に耳を傾けてくれるか、自信はありませんね。

――おそらく無理でしょう。

――ちょっと、やめてくださいよ！　ぼくたちは船を乗っ取ったりしませんからね。ここには、そうだな、船いっぱいの兵士が乗ってるんです。カーラは腕が立ちますが、それでもまだ無理です。

――自分を過小評価するのはおよしなさい、ミスター・クーチャー。あなたは過去に兵士としての能力が充分あることを証明しています。ですがわたしが考えているのは実力行使ではありません。叛乱《はんらん》は、このような状況下では顰蹙《ひんしゅく》を買うでしょうから。わたしは十九世紀ヨーロッパの労働運動のようなものを考えていたのですよ。

――そいつはいい。労働組合を結成するべきです。彼らに思い知らせてやりましょう。

――一八〇〇年代の終わりに、フランスの無政府主義者エミール・プジェがフランスの労働者集会で発表を行い、そのなかで彼はイギリスで成功した戦略、怠業を提唱しました。イギリスの労働組合員は怠業戦術をコーカニーと呼んでいましたが、それはフランス語には直接訳されませんでした。しかしフランスではずっと以前から、のろのろと不器用に仕事をすることを木靴、つまりサボを履いた男の働きぶりになぞらえていたので、プジェはサボタージュという言葉をつくり出したのです。

――ぼくに船を壊させようというんですね?

――もし適切に行われればあなたがたの到着は遅れ、一見もっともらしい否認権を与えてくれるでしょう。どうかわたしの謝罪を受け入れてください。

――なんのことですか?

——フランス語を話す言語学者にフランス語の講釈をしたことです。

——ああ、そのことならぼくは知りませんでしたよ。フランス語の語源を研究したことは一度もないんです。

——それはわかっています。それでも相手の専門分野に関する講釈をするのは失礼にあたるでしょう。

——ちょっとした機械に関する知識で埋め合わせができますよ。エンジンルームと呼ばれる部屋がありますから、おそらくそこでエンジンを一基——それとも複数?——見つけられるでしょうが、ぼくは船のエンジンはもちろん、エンジンと名のつくものについてはなにも知らないんです。それをどうすれば「適切に」壊すことができるのか、さっぱりわかりません。

——必要な情報はすべて提供しましょう。もしあなたがその任務を果たせそうにないと思うなら、ミズ・レズニックに頼むこともできますが。

——やれますよ。そういえば、どうしてあなたはそうしなかったんですか? つまり、なぜカーラに頼まなかったんです?

――わたしはこの作戦行動を、可能なかぎり慎重に行いたいのです。ミズ・レズニックはあなたよりも衝動的な判断を下す傾向にありますからね。

――うーん。それはどうでしょう。カーラはこの二年ほど……理性的になっているんです。あなたには彼女だとわからないかもしれませんよ。

――あなたはどうなんです？　彼女だとわかりますか？

――それはまあ。中身は彼女ですからね。ときどきちらっと垣間見えることもあるでしょう。丸くなったカーラが嫌いだというんじゃありません――彼女はぼくのためにそうしてくれているんです。そのことで責めたりしたら、ぼくは正真正銘のくそ野郎ですよ――でもときどき、カーラは賢明になったんだろうか、それとも壊れてしまっただけなんだろうか、と思うんです。実際、彼女は不幸せそうには見えません。自分では幸せだといっていますし、たいていの場合ぼくは彼女の言葉を信じています。

――それで、あなたは彼女のためになにをしてきたのですか？

――おっしゃる意味がよくわかりませんが。

――あなたはなんらかの形で自分の考えを変えたのですか？

――なにについての考えを？

――人生、愛。恋人や家族になることの意味とはなんでしょう？　他人が口を出すことではないかもしれませんが、わたしの印象ではミズ・レズニックは真剣に、あなたに合わせるためにとても多くのことについて考えを変えてきた気がします。ことによるとあなたのほうから歩み寄ることができるかもしれませんよ。いずれにしてもこの前話をしたときは、彼女は機嫌がよさそうでしたが。

――……

――笑っているんですか？

――ええ。カーラはたしかに上機嫌です。まさにそこなんですよ。あんなにはしゃいでいる彼女を見たのはずいぶん久しぶりです。もちろんぼくらは明日をも知れない命ですが、彼女があんなふうになっているのがそのせいならいいのにと思いますよ。ぼくはカーラにあんなふうに変わってほしいなんて思っていませんでした。こっちが頼んだわけじゃないんです。ぼくがなによりもカーラに望んでいないのは……家庭的になることです。そのことは彼女にいったんですよ。幾度となくいったんです。

——あなたは家族をつくることについても彼女に話した。

——ええ。ぼくは子どもがほしいんです。いつかは。だからといって、ぼくが愛する人を別の人間に変えてしまいたいと望んでることにはなりません。

——あなたの見解はわかりますが、もしミズ・レズニックが母親になることを思い描いているなら、彼女には彼女なりの、母親に、よき母親になるとはどういうことか、という考えがあるのかもしれません。そしてそれは、もとの彼女とは相容《あいい》れないのかもしれない。

——カーラは賢い女性です。いい母親になる方法はたくさんあると知ってますよ。

——ミズ・レズニックが……ミズ・レズニックになる前、彼女は幼い少女で、その子には母親がいました。どのような関係も完璧ではありません。わたしが想像するに、その小さな女の子には自分の母親はこうあってほしいという明確な考えがあったのでしょう。その幼い少女の願いが今日にいたってもどれほど強力なものか、みくびってはいけませんよ。

——たしか自分は誰に対しても人間関係について助言できる立場にない、とおっしゃっていませんでしたっけ？

——そのとおりです。人間関係はわたしの得意分野ではありませんが、個人的な事柄に関する情報をたいして打ち明けなくても、わたしに両親がいたことはお話しできます。

——なんというか、あなたが関心を持ってくださっていることは嬉しいですし、あなたはほんとうに鋭いところを突いておられます。まあ、とにかくぼくをくそ野郎みたいな気分にさせるのに充分なだけね。そうだな、五年前なら会話が弾んでいたでしょう。数分後にはブリーフィングがあるんです。それにぼくは船も停めなくちゃいけない。もし今夜あなたから指示をもらうことができれば、みんなが寝静まっているあいだにやってみます。

——そうするべく努力しましょう。船の設計図は入手できます。それにあなたのサボタージュ行動をよくある故障に偽装するのに手を貸してくれるエンジニアにも、心当たりがあります。もしわたしが間違っていなければ——

――なんです？

――……

――もしもし？

――いまわたしがいったことはすべて忘れるんです。どうか船長に速度を上げるよう伝えてください。あなたがたはできるかぎり早くロンドンに着かなくてはなりません。

――なにが起こっているんです？

――いま自分の部屋ですか？

――ええ。

――テレビをつけるんです。

——どのチャンネルを？

——どれでもかまいません。

ファイル番号一四四〇
ニュース報道――BBCロンドン、ジェイコブ・ローソン
場所：イギリス、ロンドン、リージェンツ・パーク

町中に戦車が出ています。王室騎兵隊と軽竜騎兵隊のシミター戦闘車両が百両以上、スワントン・モーリーから召集されました。第12機械化旅団のチャレンジャー2戦車五十四両も、夜のあいだにティッドワースから到着。そこに無数の輸送車両と、推計四十万人のロンドン市民を退避させる任務を負った、半数が予備役からなる一万八千人の兵士が合流しています。

これほど大規模な兵力が民間人保護のために展開するのは初めてのことです。近年のテロ行為のせいで、わたしたちは欧米諸国の町中を兵士が歩いていることには慣れていますが、ロンドン市民が今朝目にしたものに対してほんとうに心構えができているものは誰もいないでしょう。歴史的に軍事化を恐れてきた国で今日繰り広げられている光景は、これまで目にしてきたどのような群衆整理や治安維持活動よりも、パリになだれこんだドイツ軍を連想させます。

三個装甲連隊と歩兵部隊は四時頃パーク・ロイヤル工業地域に集結し、ウェストウェイ沿いに東へ進んでから扇形に展開して、数分のうちにセントラル・ロンドンを取り囲みました。そ

れから兵士たちが家々のドアをノックし、地元住民を軍の輸送車両に送り届けはじめました。この作戦が政府機関やオフィスビルが無人の週末に行われているのは、偶然ではありません。それにもかかわらずこの作戦はきわめて大規模であり、兵士たちが一部の住民を説得してわが家を捨てさせる必要に迫られることは間違いないでしょう。市民の自由は停止されていないため、軍に与えられている説得力がどれほどのものかはまだわかりません。

カニング政権は自由民主党の支えを失い、行動を促す大変なプレッシャーを受けていました。彼らはこの危機を、テロや防衛といった問題に対して弱腰すぎると非難する人たちを黙らせる機会ととらえたのです。ある保守党員が提出したロンドンからの強制退避の動議が月曜の第二読会にかけられることになっており、政府にはもはやそれを止めるだけの票はありませんでした。野党のひとつから支持を得なくてはどのような法律も採択できないため、現政権は避けられない事態を先のばしにしないことに決め、ひょっとすると周囲でささやかれる不信任案の投票が近いのではないかという噂に、終止符を打とうとしたのかもしれません。他方でイギリス国民の賛否は分かれているようで、最近の世論調査では四十六パーセントが軍事行動を求め、四十二パーセントがそれに反対し、十二パーセントは態度を決めかねています。

首相は今朝早く、短い録画声明を発表しましたが、質問には応じていません。野党党首のアマンダ・ウェブは首相の勇気に敬意を表し、今日を英国の歴史上誇るべき瞬間と呼びました。自由民主党からはまだ音沙汰がありませんが、彼らも今日のうちに声明を出すでしょう。もし彼らが政府の怠慢を終わらせたその手柄の一部を主張しないとすれば——当然そうする権利はあるのに――驚きです。

大西洋の向こうからの反応は好意的とはほど遠いものです。EDCのユージーン・ゴヴェンダー准将は今日の部隊の展開を、「あらゆる間違った動機にもとづく無謀な行動」と呼んでいます。さらに彼はこのように付け加えました。「ひとりのひ弱ないじめられっ子が愚かなことをするつけを、われわれがすべて払うはめにならないよう願う」科学技術部門の責任者、ローズ・フランクリン博士はコメントを拒んでいます。イギリス政府の一方的行動は、EDCの終《しゅう》焉《えん》のはじまりを示している可能性が――

EDCの反応、そしてほかの世界の指導者たちのコメントには、またすぐに触れることにしましょう。地上でなんらかの進展があったようです。

いま装甲車両がリージェンツ・パークに集結しています。われわれのヘリコプターからは、明らかに慎重に組織された作戦行動をはっきりと見て取ることができます。シミターと戦車が東、西、南側からゆっくりと公園に接近しています。公園の北側にだけ部隊や装甲車両が見られないのは、故意としか考えられません。わたしの推測では、陸軍は異星人のロボットに明白な逃げ道を残しているのでしょう。軍部も侵入者に取り囲まれたと感じさせて好戦的な反応を引き起こすのを、避けたがっているのかもしれません。ひとつはっきりいえるのは、この軍事行動が「きみたちはロンドンに長居しすぎた」というメッセージを伝えるためのものである、ということです。

戦車隊が二隊、南側から公園に接近しています。別の一隊はA5205を通って公園のある東に向かっており、四隊目は東側から公園に入るためにちょうどロバート・ストリートを曲がったところです。装甲車両がいまにも公園の敷地に入ろうとしています。たったいま指示があり、いましばらく放送を続けることになりました。わたしたちは公園南端の上空にとどまって、刻々と変化する状況をお伝えします。

いちばん近くの車列、シミターの長い列はパーク・スクエア・ガーデンにいて、いまアウターサークルを横切って公園の南端に入っていくところです。別の車両の一隊がヨークブリッジの南端に入っていきます……地上班から入った情報によると、たったいま国防大臣が声明を発表した模様……すぐに映像が届くはずですが、大臣は退避行動に協力したロンドン市民に感謝を述べました。彼はまたEDCへの支持を公《おおやけ》に繰り返し、国連の指導者たちに対して、軍が正当な理由なく交戦することはないと断言しました。本作戦を指揮するフィッツシモンズ将軍は異星人と距離を置き、敵意と誤解される可能性のある行動はいっさい避けるよう厳しく指示されているという趣旨のことを、語った模様です。

たくさんの情報が入ってきており、のちほどスタジオのダナとマイクに整理してもらいましょう。しかしいまのところはこの歴史的出来事の展開を見守りつつ、カメラをまわしつづけることにします。最初の車列はいま、停止してチェスター・ロードのすぐ手前で隊列を組んでいるようです。ロボットらしきものから五百メートルほどの場所です。ほかの戦闘車両グループも停止し、シミターはいまインナーサークルの内側で整列しているところです。いままでのところ異星人のロボットは、なんの反応も示していません。それに動きはありません。

いま戦車隊が向きを変え、東側からリージェンツ・パークに入ろうとしています。もし相手から距離を置きたければ、五十数両の戦車には動く余地はほとんどありません。予想どおりチャレンジャー2はアウターサークルからわずか数メートルのところ、ボードウォークのすぐ手前で停まろうとしています。シミターの最後の隊が西の端から公園に入っていきます。彼らはほかの車列よりもかなり速く移動しており、インナーサークルを目指して南東に向かい、ハブから離れて……

ロボットが頭の向きを変えています。

一週間前にロンドンに現れて以来、初めて目にした動きです。いまは足の位置を変え、ゆっくりと右を向いているところです。その注意は西から全速力で公園を横切る戦闘車両に集中しているようです。ロボットの右手からなにかの光が発しています。白い光です。どんどん輝きを増しています。ロボットが腕を上げています。その右手のなかには光の円盤のようなものがあり、いまは前進をやめた軍用車両が停まっているリージェンツ・パークの西端に向けられています。

われわれのヘリコプターは現場から遠ざかっているところですが、まだ全体をはっきりと見ることが――あれは？　なにか――薄い光の壁としかいいようのないものが、ロボットの手からのびています……少なくとも一キロか二キロ先まで届いているにちがいありません。光の壁は紙のように薄く、高さはだいたいロボットと同じで六十か七十メートルあります。

それが公園の縁に停止しているシミターの一隊を横切っていきます！　被害をもたらしてい

るのかはわかりません。わたしたちは東に離れすぎていて、細かいところはなにも見分けられないのです。いまカメラマンがズームインしているところです。
光線の両側の地面に電線が見えます。そこには……いまロボットが腕を左に動かしています。ロボットはきわめて素早い動きで、セントラル・ロンドンを見渡しながら左を向いているところです。いま、完璧に近い半円を描いて動きを止め……

……

そんな。

……

マイク、妻に電話してくれないか？

……

マイク！　マイク！

〔もうなにも――〕
わかってる。シャーロットに電話してほしい。彼女が家にいるのをたしかめてくれ。家族の無事を知る必要がある。

……
わたしは――いまわたしが見ているものを理解するには、少し時間が必要です。そこには……あの光の壁が通ったあとには、なにも残されていません。光の壁はいまは消えています。半月形のがらんとした空き地が、この……この町の半分があった場所に広がっているばかりです。空き地の縁にバッキンガム宮殿が見えます。宮殿とロンドン動物園のあいだには土しかありません。六つの地区がロンドンの地図から消されてしまいました。リッソン・グローブ、メイダ・ヴェール、パディントンはもうありません。メリルボーン、メイフェア、ソーホーもありません。ブルームズベリー、ユーストン、カムデン・タウンの一部も……すべて消えてしまいました。
〔ジェイコブ〕
がれきも炎も見えません。完璧な半円形の空き地があるだけです。われわれには――

われわれにはとても――

〔ジェイコブ！　これは放送されてない。きみはひとりごとをいってるんだ〕

なんだと？

〔スタジオだよ。あのど真ん中にあった。もうＢＢＣは存在しないんだ〕

……

妻とは連絡がついたのか？

ファイル番号一四四三
任務記録――EDC、カーラ・レズニック大尉とヴィンセント・クーチャー
場所：イギリス、ロンドン・ゲートウェイ港

――ヴィンセント・クーチャー。フライトスーツをいじくるのをやめて、さっさと乗りなさい！

――ぼくをもう一度姓で呼んでみろよ、カーラ。やりたきゃやってみろ。さあ、やってみろ！

――あなたはなんなの？　五歳の子ども？　お願いだから、つべこべいわずに乗ってちょうだい。

――いま乗ろうとしてるじゃないか！　なんだってそんなに急《せ》かすのさ？　ぼくらは生きて帰れそうにないんだぞ。それはわかってるだろう？

――いいえ、わからないわね。それにあなたもわかってない。あなたはクレーンに乗りたくないだけでしょう?

――もちろんクレーンには乗りたくないさ。あんなものは嫌いだ。あんな頼りないもの。風で揺れてるじゃないか。

――だったら、町を丸ごと破壊したばかりの異星人のロボットは怖くないのね。障害になってるのは高所恐怖症だってこと?

――そりゃあ、あいつも怖いさ。いまはほとんどすべてのことが怖い。それにあんなばかげた檻《おり》のなかにいたら、高所恐怖症はそれほど問題じゃない。問題なのは閉所恐怖症だよ。下が見えないように床にベニヤ板を敷いてくれてもいいじゃないか、とは思うけどね。

――ヴィンセント、わたしたちはこれから十五メートル上昇することになってるのに、あなたときたら足が宙に浮いてもいないのに全身ががたがた震えてるなんて。もし彼女がうつぶせじゃなくて立った状態で組み立てられてたら、どうするつもり?

——大学で教壇に立つよ。

——さあいいわ、ＥＤＣ。こっちの声が聞こえる？

〔大きくはっきり聞こえていますよ、カーラ〕

——けっこう。わたしたちはゴンドラに——

——これはゴンドラじゃないよ。

——黙って、ヴィンセント。わたしたちはゴンドラに乗りこんで……あなたの名前は？

〔マーティン・クロスビー中尉です〕

——わたしたちはゴンドラに乗りこんで、クロスビー中尉も一緒に……あなたは陸軍だったわよね？

〔ええ、そうです〕

——イギリス陸軍のクロスビー中尉も一緒よ。いいわ、中尉、もう着いたも同然よ。ロボットの背中に降りたら、わたしは外側のハッチを開けて、そこにある鋼鉄のバーにこの縄梯子《なわばしご》を固定する。わたしたちは天井を通って操縦室に入る。ふたりともなかに入ったら合図するから、あなたは梯子を引きあげてわたしたちが通った外側のハッチを閉める。わかった？

〔はい、わかりました。ただいわせてもらいたいのは、あなたがたにあのくそどもを殺してほしいということです〕

——中尉、支持してくれるのはありがたいけど、わたしたちは戦闘をはじめるためにきたわけじゃないの。

〔やつらははじめました。みんな殺してしまったんです〕

——……

——着いたわ。ゲートを開ける。

――カーラ。レディー・ファーストだ。

――まさか。年の順よ。もう降りた？　ヴィンセント！　もう降りたの？

――ああ！　降りたよ！

――だったら場所を空けて……ありがとう！　いいわ！　中尉、梯子を引きあげて扉を閉めたら、全速力でここから離れて！

――魅力的なやつだな。

――なにを期待してたの？　自分の町が破壊されたのよ。もし連中がモントリオールを砂場に変えてしまったら、あなたも腹を立てるでしょう。自分の体を固定する前に、わたしがハーネスをつけるのに手を貸してもらえる？

――これまでぼくが手を貸さなかったことがあるかい？　彼が腹を立てるのはわかるけど、ぼくらがあれに太刀打ちできないってことは知ってるはずだよ。

――どうして？　わたしたちは十年間、テーミスは無敵だっていいつづけてきたのよ。

――それはそうだけど、ぼくらにはあんなふうに十秒で都市をひとつ消し去ることはできないよ。さあ。これでいい具合に締まった。

――ありがとう。ところでどうしてあなたはまだ自分の体を固定してないのかしら？

――は、は。

――ＥＤＣ司令部。もうじき準備ができる。ヴィンセント、用意はいい？　彼がうなずいているので、わたしは……両腕を……突っ張って、ヴィンセント、膝を前へ。それから……立ち上がったわ！　ハイウェイをたどっていくようういわれてるんだけど――ハイウェイの名前は？

――Ａ１３だ、すぐに途切れるけど。

――その道は――すぐに異星人がつくったなにもない空き地にぶつかってる。あのハイウェイを何カ所か踏みつけなくちゃならないかもしれないわね。イギリスの道路工事作業員には申し訳ないけど。ＥＤＣ、目標までの距離はどのくらいかわかる？

〔五十キロ弱ね〕

――あなたはローズ？

〔ええ、カーラ。あなたたちは三十分で到着するはずよ〕

――どうも、ローズ！　わたしはヴィンセントがペースを保てるよう願うだけよ。

――二十分で到着するさ。

――男の自尊心より予測しやすいものはないわね。わたしたちは移動中。ローズ、死者の数はもうわかってるの？

〔わからない。大勢としか〕

――まあ、たぶん知らないほうがいいんでしょうね……それで、わたしたちを見たらあのロボットが落ち着く望みはあるって、まだ誰か考えてるの？　こっちでは誰も賛成してないけど。

〈あなたに嘘をつくつもりはないし、ここにいる誰も自信たっぷりではないわ。でもひょっとして、なじみのあるものを目にすれば……〉

——ローズ！　軍が介入する前は、あなたはわたしたちを派遣するのは愚かなことだって考えてたじゃない。あれがロンドンの半分を破壊したいま、可能性が少しでも高くなったとは思えないわ。

〈戦車を派遣したのはまずい考えだった。誰もそれは否定しないわ〉

——彼らが否定しようがしまいが、どうでもいい。あのスーツを着た連中に、ここまで上がってきてわたしたちと交替するようにいってやりたいわ。でも、いまそんなことを話しても意味がないわね。わたしたちはしばらく歩いていくことになる。三十分間続くような話題があるとは思えないから、すぐに音楽をかけてあげる。ヴィンセント、リクエストは？

——キム・ミッチェル。

——キム・ミッチェルって誰よ？

――「パティオ・ランタンズ」を知らないのかい？　ぼくの母さんはキム・ミッチェルが大好きだったんだ。ぼくも誰かを夕食に招待したときには、よくかけてたよ。遠い遠い昔の話さ。

――まったく。誰かって、女の子のことでしょう。そんなわけでローズ、思春期のケベック人のご厚意でろくでもない八〇年代の音楽をかけるから、楽しんでちょうだい。おえっ。十五歳のあなたが目に浮かぶわ。口ひげを生やしてたんでしょう？

――ありがとう、カーラ……

ファイル番号一四四三（続き）
任務記録——EDC、カーラ・レズニック大尉とヴィンセント・クーチャー
場所：イギリス、ロンドン

——くそっ！　なにも見えない。ヴィンセント、大丈夫？

——ぼくは大丈夫だ。ただ……混乱してるだけで。きみは？

——肩を脱臼《だっきゅう》したみたい。あれはいったいなんだったの？

——わからないけど、きっとあいつは建物のあいだからぼくらを見てたんだろうな。

〔ヴィンセント、なにがあったの？〕

——あいつに撃たれたんだ、ローズ。そう、撃たれたんだよ。ひと押しなんてものじゃなか

った。なんだか知らないけどあいつが撃ってきたもののせいで、こっちは三十メートルほど飛ばされて尻餅《しりもち》をついたんだ。念のためにいうけど、やつがぼくらと会えて喜んでいないのは間違いない。あいつと握手することになるとは思わないな。

〔いまどこにいるの？〕

――わからない。ぼくらは仰向《あおむ》けに倒れてるんだ。高い建物がたくさんある。ピクルスみたいなのがひとつ見える。ぎりぎりで被害を免れた場所からそんなに遠くないところだ。きっとあいつのいる場所から三キロから五キロのところだろう。

〔GPSによれば、あなたたちは金融街にいる。その建物はきっとガーキン（シティに建つ超高層ビルの愛称。ピクルスに使用する小さいキュウリの意）ね。なにが当たったのか見えた？〕

――なにも見えなかったよ。ロボットも、やつが発射したものはなおさら。ぼくが見たのは頭の上に広がった土埃《つちぼこり》だけだ。ほんとうに、あのロボットは頭にきてるんだ。まだこっちに撃ってきてる！　三秒おきくらいに頭の上に閃光が見えるよ。

――ヴィンセント、ここから脱出しない？

——どこへ？　ぼくはいまいる場所で満足だよ。

——わたしたちはロンドン中心部のど真ん中に倒れてるのよ。

——まさしく。ぼくらはあと何回くらいこうすることになるんだろうな？

——ヴィンセント！

——わかったよ！　きみが腕を動かせるなら盾を起動しよう。

——腕を上げてることはできる。起き上がるほうが難しそうね。用意はいい？

——いつでもいいよ。

——うおーーーーっ！　いま押してるところ！　起き上がった！　起動！　起動！　起動して！　早く盾をちょうだい！

――盾を最大に。

――くそったれ！　あーーっ！

〔カーラ、なにが起こってるの？　ヘリコプターはロボットが攻撃をはじめたときに退避したの。こちらからはなにも見えなくなってしまった。衛星からの映像に切り替えるあいだ、口で説明してもらわないと〕

――わたしたちはここでガンガン攻撃されてるのよ！　一キロ半ほど離れたところにあいつが見える。きっとこっちが倒れてるあいだに近づいてきたのね。

〔あれを撃ってみた？〕

――いいえ、まだよ。お尻を蹴飛ばされるのに忙しくって。ヴィンセント、剣をちょうだい、中サイズで……くそっ！　用意……発射！……当たった？

――ああ。ちょうど――

――どこに？

――ちょうど脚に命中したよ。びくともしなかった。ローズ、ぼくらにはあいつと戦うのは無理だよ。

〔それなら――〕

――カーラ、なにをやってるんだい？

〔なにが起こってるの？〕

――カーラが……外交手腕を発揮してるんだ。

〔彼女がなにをしてるって？〕

――やつに向かって中指を立ててるんだよ。実に大人っぽいね、カーラ。

〔これは――〕

——走って、ヴィンセント！　わたしの肩はこれ以上もたない。

——ひとりずつ頼むよ。いまなんていったんだい、カーラ？

——走れっていったの！

——ぼくはあいつに背中を向けるつもりはないよ。一撃で倒されてしまうぞ。

——わたしはあいつに向かって走れっていったのよ。

——どうしてそんなことを？

〔それはいい考えだとは思わないわ〕

——あーーっ！　くそっ、痛いじゃない！　あいつをやっちゃうからっていうのが理由よ！

——カーラ、剣ではあいつのシールドは貫けないよ。

——剣なんて知るもんですか！

——カーラ——

——わたしを信じて、ヴィンセント。走るの！

——くそっ……EDC司令部、ぼくらはほんとうにばかなことをやろうとしてる。みんなと知り合いになれてよかったよ。

——もっと速く、ヴィンセント！　ほら！　もっと速く！　あいつに尻餅をつかせるの！

——やってるよ！

——もうじきよ！　こっちの盾をオフにして。うっ！　いまのを感じたでしょう？

——なるほど、ぼくらは彼にタックルしたと。それで今度は？

——いまわたしたちは撃たれてない。そういうことよ。テーミスにエネルギーを放出させる準備をして。

——作動しないよ。

——作動しないってどういうこと？

——ぼくにわかるわけがないだろう。ボタンを押しつづけてるけど、作動しないんだよ！ ひょっとしたら向こうのエネルギーシールドのせいかもしれない。いつまでこいつを押さえこんでいられる、カーラ？

——長くは無理ね。

——ぼくらは彼のシールドからエネルギーを吸収してるんだ。もしきみが充分な時間押さえこんでいられれば、テーミスは自分が受け取った分を全部放出するだろう。

——こいつは強すぎる！ 押さえてられないわ！ 中サイズの剣をちょうだい。

——ほら！

——発射！

——カーラ、地面なんか撃ってどうするんだ！

——いいから黙って発射して！

——ほらみろ！　足の下に大きな穴を空けただけじゃないか！　いまぼくらは膝の深さの巨大クレーターのなかだ！

——剣をもう少し長くして。発射！　ヴィンセント！　発射っていったでしょう！

——やるよ！　だけどきみはなにをやってるんだ？　穴をさらに深くしてるだけじゃないか。ここは穴の底だ。ぼくらは身動きできなくなるぞ！

——もう一度！

――いいよ、わかった！　もう首まで穴のなかだ！　すっぽりはまりこんでる！　自分の脚も動かせないよ！

――そうよ、こいつはわたしたちと一緒に穴にはまりこんでる。向こうも絶対に動けないわね。

――こいつは……なかなかクールだな。

――撃たれるよりましでしょう？　さてと、わたしが……左腕を……ちょっとひねれるかやってみましょう。くそっ、きついな。さあ、いくわよ。盾をちょうだい！　いますぐ！

――なに――

――盾よ！

――大きさは？

――なんでもいい！　最大にして！

――わかった、スイッチオン……作動してないのかな。場所がないよ！

――なにか起こってるでしょう。こいつのまわりのエネルギーフィールドが見える。

――ほんとだ。どんどんまぶしくなってる……。ちらちらしてるぞ！　ああ、愛してるよ、カーラ・レズニック。

――わたしがあなたを守る方法を思いついたからそんなことをいうんでしょう。

――ひどいな！　うまくいかないかもしれなかったんだぞ。たとえそうでも、ぼくはきみを愛するだろうけど。五十パーセントは無償の愛みたいなもんだよ。

――ひどくロマンチストなのね。

――カーラ！　聞くんだ！

――なんなの？

——あれが聞こえるかい？　金属と金属がこすれあってる音だ。こいつのシールドがダウンしてるんだよ。こっちの盾はまだ機能してるかい？

——ええ、大丈夫。腕に圧力を感じるわ。

——それで金属を切り裂けるかな？

——やってみる！

——イヤッホー！

——やったね！　あんたはまずい女の子に手を出したんだよ、このくそ野郎。ねえ、ヴィンセント、これでわたしのことが気に入ったでしょう？

〈なにが起こってるの？　大丈夫？　衛星からはなにも見えないの〉

——ローズ！　ああ、ぼくらは元気だよ。頭の上の空を見てるだけだ。カーラがイカれたことをしたせいで巨大な穴のなかで身動きが取れなくなってるけど、大丈夫。かすり傷は負ってるけど、もうひとりの野郎を見るべきだね。

〔こちらにはなにも見えないの。相手が機能を停止したのはたしかなの?〕

――そう思うよ。ぼくらがまっぷたつにしてやったんだ。楽観的すぎることはいいたくないけど、勝ったのはまず間違いないね。

〔どうやって?〕

――こいつはもう動けなかった。それはこっちも同じだ。ぼくらは相手のエネルギーフィールドが効かなくなるまで、テーミスの盾をごしごし押しつけただけさ。それからひたすら盾を押し進めたんだ。

〔おめでとう! ここにいる軍の人たちはほんとうに感心してるわ。ここの誰もそんなことは思いつかなかったでしょう〕

――ぼくだって思いつかなかったよ。感謝するなら、ぼくにロボットに突進して体当たりするようにいった、サイコパスにすればいい。

〔あなたは承知したわ〕

――きみはカーラのいうことを断ろうとしたことがあるかい？　そんなことをするくらいなら悪者に立ち向かうほうがましだよ。

――当人の前でそんな話はしないでくれる？　ヴィンセント、この穴から出ない？

――いいね。どうやって？

――デンバーでやったみたいにテーミスのエネルギーを放出すればいいわ。

〔だめよ、カーラ！　やめて！〕

――どうして？

――彼らはもう一体のロボットをほしがってるんだよ。

——わたしたちには蒸発させられないっていってたじゃない。

——たぶんそうだろうけど、ぼくらはこいつを切り裂いてしまった。パイロットを消し去ってしまうかもしれないだろう。

〔ヴィンセントのいうとおりよ。もし彼らと話すことができれば、損にはならないでしょう〕

——いいわ、わかった。それで、わたしたちはどうやって外に出るの？

——きみの右腕を動かせるかい？　剣でまわりにエネルギーを発射して、穴を広げればいい。

——無理ね。腕は下を向いたまま動かせない。なにかほかに冴えた考えは？

——そうだな……

——なに？

――ぼくには――

――彼はなにも思いつかないわ。ローズ、わたしたちを掘り出してもらえる?

〔チームが向かってるわ。充分な深さまで掘るにはしばらくかかるかもしれないけど〕

――そんなことだろうと思った。

――カーラ――

――話しかけないで! 頭にきてるんだから。わたしはここから出たいのに、あなたはついさっきまで攻撃されてた相手を傷つけたくない。いまわたしは穴にはまりこんでて、いつ出られるか見当もつかない。

――きみは笑ってるじゃないか。

――そうかもしれない。でも頭にきてるの。

——幸せなんだね。

——わたしは……ええ、そのようね。

——カーラ？

——なに？　どうしてにやにやしてるの？

——カーラ・レズニック、きみはぼくを——

——ちょっと、よしてよ！　いまプロポーズするつもり？

——ぼくは——

——だめ。やめて。わたしたちが求めているものは同じじゃない。家族に関することには、わたしはまったく心の準備ができてないのよ。

——わかってる。

——子どもはなし。

——わ、か、っ、て、る、よ。

——本気でわたしみたいなただの気むずかし屋と一緒に年を取りたいっていうの？

——カーラ、悪気はないけど、ぼくらはどっちも年を取ることはないと思うんだ。特に、ふたりが一緒にいればね。唯一の問題は、ぼくがほかの誰かと一緒に若死にしたいかどうか、じゃないかな？

第二部　家族全員

ファイル番号一五二一

地球防衛隊《EDC》司令官、ユージーン・ゴヴェンダー准将《じゅんしょう》との面談

場所：ワシントンDC、デュポンサークルの新王朝中華料理店

――座ってください、ユージーン。

――この店のおすすめは？

――クンパオチキンを試してみられるべきでしょうね。インドネシアンライスもとてもおいしいですよ。

――きみと同じものにしよう。結婚式はどうだったかね？

――驚くほど盛大でした。まさかミズ・レズニックが――失礼、ミセス・レズニックが――

――そんなふうに呼んだら、彼女に殺されるだろうな。

――あのふたりのどちらかでも、伝統的な式を挙げたがるとは思いませんでした。それがあんなに豪華な披露宴まで開くとは。

――そりゃあ、結婚式というのは花嫁と花婿のものではないからな。人は相手を愛しているからプロポーズをし、あるいは承諾する。そして完璧な結婚式を想像しはじめる。くつろいだ雰囲気でごく近しい人たちだけを招き、屋外でささやかに行う式をな。婚約を発表してから一週間ほどたつと、結婚するにあたってほんとうに自分の思いどおりになるのはプロポーズだけだと気づく。結婚式そのものは？　それはすべて母親や死にかけているおばさんのためのもので、もし一度も会ったことがないまたいとこは招待しないといってる側の肩を持てばどう見られるだろう、という話になる。さらに……式はどこでやったんだね？

――デトロイトのホテルです。あなたがおられないのをとても残念がっていましたよ。

——彼らが気づいていたかも疑問だな。

——式のあと、テレビであなたを見ていました。ですからあなたがおられないことには気づいていたでしょう。

——まあ、あのふたりが自分たちの勝利の記念日に結婚したかったのはわかるが、ロンドンで別の式典があったからな。誰かが出席しなくてはならなかったんだ。そもそも誰が十二月に結婚式をしようと思う？

——ロンドンの記念日は攻撃を受けた日になるものと思っていました。

——前向きな面に焦点を合わせたかったんだろう。彼らを責めはしないよ。十三万六千人が命を落としたんだ。

——無神経に聞こえるのを覚悟でいえば、その数はわたしが予測していたより少ないですね。

——十三万六千人という大勢の夫や妻、息子や娘たちが死んだ。きみをくそ野郎と呼びたいところだが、わたしも同じように思ったよ。百万人になっていても少しも不思議はなかったんだ。

——わたしたちはついていました。

——今回はな。

——彼らはまた戻ってくると考えておられるのですか？

——きみは違うのか？　われわれはやつらがなんのためにやってきたのかさえ知らない。イギリス軍にけんかを売るためだったとは思わんね。

——同感です。向こうはいつでも攻撃できた。今回の衝突を招いたのはイギリス政府だという推測は、理にかなっているでしょう。

——まあ、連中はもう死んでいるわけだが。やつらのロボットは破壊された。われわれがたどり着いたときにはふたりのパイロットは死んでいた。ロボットがまっぷたつに切り裂かれたときに死んだのか、とらえられるのを避けるために自ら命を絶ったのかはわからんが、結末は同じだ。彼らは死んだ。そのうち、彼らを派遣した誰だかは、なにかあったと気づくだろう。

連中があっさり忘れてくれるとは思えん。そうとも、わたしはやつらがまた戻ってくると思う。あんなに若いのに、ともな。気の毒なことだ。

——誰のことです?

——あのパイロットだ。きみも見ただろう。少年のようじゃなかったか? 十八か……せいぜい二十歳だ。驚くほどわれわれに似ている。たしかに脚は後ろ向きについているが、ヴィンセントが膝を反転させるのをあまりしょっちゅう見てきたから、いまではふつうに見えるよ。

——解剖でなにか新しいことはわかりましたか?

——わたしのような時代遅れの人間に理解できることはなにも。そういうことはローズと話してくれ。わたしにわかるのはあのふたりが、なんであれ自分たちの務めを果たしていた子どもにすぎなかったということだ。故郷には嘆き悲しむ人たちがいるだろう。そして嘆き悲しむ人たちは、早まった決断を下すものだ。わたしはやつらが戻ってくると思う。はるかに大勢でやってくるだろう。そして今度は、賭《か》けてもいいが派手におっぱじめる前に一週間じっと景色を眺めているつもりはないだろうな。

――それはまた、実に悲観的な見方ですね。ロボットのほうはどうなんです？　秘密はなにか明らかになりましたか？

――それならわたしにも答えられるな。われわれがあのロボットについて学んだことはほとんどなく、実のところわたしはそのすべてを理解している。あれは前のとほとんど同じつくりになっていた。基本的なデザインは変わらない。パーツの数も同じ――機能しなくなった数分後にはばらばらになった。操縦室はわれわれのものとほぼ同じだ。コンソールにボタンがふたつよけいにあったが、違いはそれだけだ。

――組み立て直すことはできるのですか？

――もう一体ほしいんだな。そうだろう？

――それは……

――期待はするな。あれは壊れてる。もうなにも機能しない。テーミスの盾は操縦室を切り裂いたんだ。球体は壊れて完全にひしゃげ、あれが浮かんでいた白いものは失われてしまった。あの白いものがなんだったにせよ、ほぼ瞬時に蒸発してしまったんだ。胴体はまっぷたつになってる。われわれにはなにひとつ溶接することはできん。粘着テープも役には立たんだろう。ロボットの残りの部分は、そうだな、われわれにはテーミスが動く仕組みがわからないのと同じで、あれが機能する仕組みもわからない。断面を見ると操縦室だった大きな穴は別として、あれはただの大きな金属のかたまりだ。わたしが思いつく唯一のいいことは、制御装置があれだけ似ているならもしわれわれがなにか壊してしまっても、あれを予備の部品に使えるかもしれないということだ。われわれのパイロットがテーミスを扱う様子から判断すると、おそらくそういうことになりそうだしな。月曜になれば科学チームが喜ぶだろう。

——どうして月曜なんです？

——技術者たちを引きあげさせるからだ。今度は本物のオタク連中があれで遊べるというわけさ。

——これまでは遊べなかったのですか？

——見ることはできたが、いま以上の損傷を与える可能性のあることは、わたしがいっさいさせなかったんだ。

――それはなぜ？

――なぜだと思う？　わたしももう一体ほしかったのさ。だが……いまではあれは晴れてスクラップだ。連中はあれを好きなようにできるわけだ。予備の部品と幸せな科学者たち。十三万六千人の死者と引き替えにわれわれが得たのは、そういうことだ。

――ロンドンでの出来事から生じた好ましいことは、別にそれだけではないでしょう。ほかの人はいざ知らず、あなたなら、その結果に多少の慰めを見出《みいだ》されるだろうと思っていたのですよ。

――わたしなら？

――わたしはもはやＥＤＣの妥当性に疑問を抱くものはいないと思います。とにかくわたしたちが生きているあいだは。テーミスはわたしたちができるといい、そうであることを願ってきた、まさにそのとおりのことをやってのけました。ＥＤＣはロンドンを、ことによると人類を救ったのです。この地球にはあなたへの資金提供を断る政府はひとつもないでしょう。あなたは必要なリソースをすべて、必要なだけ手に入れることができます。より個人的なレベルでいえば、誰もあなたの統率力に疑問を抱くことはないでしょうね。絶対に。ほとんどの人の目から見ればあれだけの人々を死に追いやった悲劇は、イギリス政府があなたの要請どおりにしていれば避けられたかもしれないことなのです。ひょっとするとかつて惑星レベルでこれほどの信頼を享受した人間は、あなた以外にいないかもしれません。あなたがいけといえば、みんなどこへでもいくでしょう。

——一年先にはどうなっていることやら。今日はわれわれは楽しんでいる。人々は一体感をおぼえている。彼らの命は心配ないと思わせてやれ。マスコミがわれわれを持てはやすのは、人々がそう望んでいるからだ。だが同じ味のアイスクリームを毎日食べつづけていれば、しばらくすると……いずれはＥＤＣを持ち上げる記事を書いても、同じくらいたくさんの部数は売れなくなる。

——そもそも人々はほとんど新聞を買いませんよ。

——われわれは老いぼれだ。そうだろう？　そうだな、いまから数週間、半年、一年後には、われわれを褒めそやしても、近頃連中が売っているなんだかは売れなくなるだろう。そうなれば間違いなく、連中は悪口をいおうとするはずだ。われわれの研究に疑問を呈し、敵の大軍に対してわれわれになにかできるのだろうか、といいだす。皮肉なことには彼らのいうとおりだろう。われわれは努力していないわけではないが、十年かけてもあの代物から、なんら新しい科学技術を絞り出せていない。みんな、せめてより早く焼けるトースター、より効きのいい車のブレーキ、より柔らかいトイレットペーパーが手に入っていてもいいはずだと思っているが、なにもない。なにひとつだ。それなのにああいうロボットが複数現れたらどう対処するかなど、わたしにいわせないでくれ。

――わかりきったことを指摘したくはありませんが、われわれは勝ったのですよ。われわれは打ち勝った。テーミスは異星人のロボットと白兵戦を行って、勝利を収めたのです。

――きみはあれを戦いというのか？　穴を掘ったんだぞ！

――敵の動きを封じたのです。

――彼らは穴を掘ったんだ！　テーミスの盾があのエネルギーフィールドを打ち破れる確率はどのくらいだった？　今回はついていただけだ。こちらは完全にお手上げ状態だった。あのふたりのせいではなく、絶対に彼らを派遣するべきではなかったわれわれのせいでな。あれは校庭でのけんかのようなものだった。彼らは自分たちより大きい子どもにぼこぼこに殴られていて、パニックを起こしたんだ。それが功を奏したのは嬉しいが、だからといってわれわれの勝算について少しでも気分がましになることはない。わたしにいわせれば、あのレズニック嬢ちゃんはイカれてるだけだ。

——彼女には直感がある、というものもいるでしょう。

——ものはいいようだな。

——ミズ・レズニックの衝動的な性格が好結果を生んだのは、今回が初めてではありません。彼女のその場の思いつきより信頼できる計画を立てられそうな人は、ほとんどいませんね。

——そうかもしれんな。だがそれは問題ではない。彼女にはああいうロボットを複数埋めるのは無理だ。もし連中がもっと送りこんできたら……

——それに備えるために、われわれにはなにができるとお考えですか?

——何度もそう自問してきたよ。賭け金がこれほど高くなければ、面白がっているところだ。書類の上ではわたしは軍事組織を指揮しているが、異星人の大軍に対する軍事的な反撃などあり得ないというのは、われわれみなの意見が一致しているところだ。三個装甲連隊がどうなったか見ただろう。くそっ、あいつは三個装甲連隊のまわりに広がる町まで破壊してしまった。

建物、車、人間、猫、犬。ゴキブリすら見逃さなかった。

――テーミスにもその能力はあります。

――そうだな、ひょっとするとわれわれはやつらに協力して、いくつかの町を自らの手で消し去ることができるかもしれん。テーミスにできないのは、連中を傷つけることだ。相手がじっと立っていてくれなければな。彼女は自らの武器であのロボットを見事にやっつけた。やつらを侮辱したのも同じだ。

――彼女はあいつに向かって中指を立てていました。

――ヘリが現場を離れていたのが残念だな。いい絵になっただろうに。

――あるいは彫像に。

――はっ！ 面白いことをいうじゃないか！ 記念日にうってつけなのにな。連中がつくった記念碑を見たか？ 異星人のロボットがテーミスの前にひざまずいてるやつを？ まるで彼女がナイト爵を叙しているみたいな。ヘラクレスとディオメデスの像よりはましだろうが……

ああ、きみはあれを知らないのか。調べてみるんだな。

――あなたは質問に答えてくださっていませんが。

――わたしがいいたいのはこういうことだ。われわれにできることはなにもない。いま持っているものではな。唯一の希望は、もし彼らがいつか戻ってくるなら、それまでにうちの子どもたちがなにか役に立つものを見つけていることだよ。いいたくないが――彼女は完璧にイカれてるからな――いまやすべてはローズにかかっているわけだ。

――すべてはローズ次第だと？

――ああ。だからそういったんだ。

――彼女は子どもの頃、あの手の上に落ちました。そしてどういうわけかその研究を任されることになった。いまわれわれは勝機のない戦争が起こるのを待っているところで、生きのびるための最大の希望は彼女にかかっている。

――自分でもそういっていたが、きみはわかりきったことをいうのが実にうまいな。だが、それになにか意味があるのかね？

——もちろんです。あなたはどうして彼らがローズをよみがえらせることにしたのだろう、と考えたことはありませんか？

ファイル番号一五二六
診察記録――患者、エヴァ・レイエス
精神科医、ドクター・ベニチオ・ムニョス・リベラ
場所：プエルトリコ、サンファン市

――悪い夢のことをわたしに話してごらん、エヴァ。

――その話はしたくない。一緒にゲームをしようっていってたでしょう。

――いまやったじゃないか、エヴァ。今度は話をする時間だ。

――いまのは面白くなかった。あたしは本物のゲームがしたいの。

――お母さんが心配しているんだよ、エヴァ。

——あたしは元気よ！　心配なんてしなくていいのに。

——昨日なにがあったか話せるかな？

——なんにもなかったってば。あたしはお風呂に入ってたの！

——お母さんはとても怯《おび》えていた。なにがあったのか話すんだ。

——あたし……あたし、ちょっと見たことがあって。それがどんな感じか……息ができないとどんな感じがするのか知りたかったの。母さんが部屋にいるなんて知らなかった。ちょっと興味があっただけ。別にそんなことをしようとしてたわけじゃ——

——お母さんの話では、きみはいつもひとりぼっちで、最近は友だちと話をしないそうだね。

——友だちなんかいないもの。みんなあたしは頭がおかしいと思ってる。

——誰もそんなことは思っていないよ、エヴァ。

――ううん、思ってる！

――エヴァ――

――いい加減なことをいわないで！　気のせいなんかじゃない。あの子たちはいつもそういってるんだから！　みんなあたしがまともじゃないって思ってる。母さんもそう思ってる。だからあたしはここにいるの。

――エヴァ、きみの年頃の女の子がなにかよくないことを考えるのは、まったくふつうのことだよ。かといってそれが魔法のように消えてしまうだろうとは、わたしは思わない。だがそうした考えを抑えるための手段はある。わたしがここにいるのは、きみにその手段を与えるためだ。わたしはきみに、頭のなかにあるものを怖がるのをやめてほしいんだよ。

――だって怖いんだからしょうがないでしょう。あの人たちが、あの人たちがみんな死ぬのを見たんだもの。

――誰が死んだんだい、エヴァ？

——ロンドンのあの人たち。あの人たちが死ぬのを見たの。

——なにを見たのかな？

——みんな死んじゃったの！

——正確になにを見たかという意味だよ。そのイメージを言葉で説明できるかな？

——何千人っていう人たちがそこらじゅうにいた。みんな歩道や車のなかで倒れてた。

——その人たちは眠っているようだった？

——みんな同時にね。

——死体を見たのかい？

——そうよ！

――しかし去年の攻撃のあと、ロンドンには死体はひとつもなかったじゃないか、エヴァ。きみも見ただろう！　テレビでやっていた。なにも残っていなかったんだ。

――それはそうだけど、あの人たちは死んだんでしょう。

――きみは実際に起こった悪いことを悪夢に見ただけだよ。そのふたつを混同するのは自然なことだが、たったいま自分でいったように、きみが見たようなことは起こっていない。

――あれは悪夢なんかじゃない！　あたしは……どうでもいいわ。どうせ信じてないんでしょう。もういっていい？

――いいや、まだだ。

――だったらなにか別の話にしない？

――きみはほかになにを見たんだい？

――もうこんなのはいや。

――エヴァ、わたしに話すんだ。きみはほかになにを見た？

――金属のなにか……ロボットが雲のなかに落ちていくのを。

――前にいっていたあの幻《まぼろし》のことだね。それがどんなものにせよ、どうすれば空に落ちることができるんだろう？　上向きに落ちていったのかい？　飛行機から？

――わからない。ううん、飛行機からじゃない。

――だったらどこからだい、エヴァ？

――知らないわよ！　あたしは見たものを話してるだけ。もういっていいでしょう？

――いいだろう。ただ、きみには……自分が見ているものが現実ではない可能性を、よく考えてもらいたいんだ。わたしのためにやってくれるかい？

――わかった。

——エヴァ、きみはとても豊かな想像力の持ち主で、それはいいことだ。とてもいいことだよ。それを生かす道を見つけるべきだな。絵を描くのは好きかい？

——好きよ。

——だったらきみが見るものを絵に描いてみたらどうかな。それを自分の部屋の壁に貼るんだ。それが役に立つかもしれない。

——なんの役に立つの？

——すべては頭のなかで起こったことだと気づいて、思考を少し制御できるようになるかもしれない。そうなればもう、そんなに怖くなくなるかもしれないよ。

——いつも怖がってるわけじゃないわ。

——そいつはいい！　怖がっていないときはなにが違うのか、思いつくかな？

――どういう意味？

――なぜきみが自分の見るものの一部は怖がらないのか、知りたいんだよ。

――だって悪いことばっかりじゃないから。ときどきいいことが起こるところも見るの。

――たとえばどんな？

――父さんが新しい車を買うところ。父さんは喜んでた。

――お父さんは新しい車を買ったのかい？

――ううん。そのためにお金を貯めてるの。

――するときみが見ることが全部起こるわけではないんだね？

――知らないわよ！　でもそれを見るときはほんとうのことだって感じるの。

――もちろんそうだろう。夢というのはとても真に迫っていることがあるからね。

――あれは夢なんかじゃない！　目が覚めてるときに見るんだもの。あたしはいつも見てる！　夢がどんなものかはわかってるわ。自分がなにかを想像してるときも、そうだってわかってる。これは同じじゃない！　あたしがほんとのことをいってないって思ってるのは知ってるけど、でもほんとなんだから。夢とは違うの。

――エヴァ、きみがほんとうのことを話してないなんて、一度もいっていないよ。少しもそんなふうに考えたことはなかった。きみが自分の見ているものを現実だと思っていることはわかってる。わたしはただ、そうではない可能性も考えてもらいたいだけなんだ。

――四時よ。母さんが下で待ってる。

――そうだね。もういっていいよ、エヴァ。わたしがいったことを考えてみるんだ。今度それが起こったら、これは現実じゃないと自分にいいきかせてごらん。もし必要なら声に出して。そして自分が見ているものを絵に描いて。今度くるときにその絵を持ってくるといい。見てみたいんだ。もしそれで効果がなければ、別のことを試してみよう。悪い考えを追い払ってくれるかもしれない、特別な種類の薬があるんだよ。

——薬は飲みたくない。

——ちょっと思っただけだよ、エヴァ。きみのご両親とわたし、わたしたちは……きみに幸せになってもらいたいだけなんだ。

ファイル番号一五二八
EDC科学室長、ローズ・フランクリン博士との面談
場所：ニューヨーク州ニューヨーク市、EDC本部

——銃を下ろしなさい、ドクター・フランクリン。

——出ていって！

——ドクター・フランクリン……

——お願い！　ひとりになりたいだけなの！　誰も傷つけるつもりはないわ。

——いまあなたはご自身の右のこめかみに9mm拳銃を向けています。根拠のない結論を引き出したくはありませんが、目下わたしはあなたの身の安全を心配しているのです。それにあなたが取り乱している理由もわかっているし、あなたが現在のような精神状態に陥った要因の

ひとつは自分かもしれないことも自覚しています。

——あなたが寄こした警備員が入ってくるまでは、これはわたしの頭を向いていなかったのよ。それにあなたはなにもしてないわ。さあ、いって！　ふたりともよ！

——ドクター・フランクリン、その銃を下ろせば、こちらの紳士はわたしたちをふたりきりにすることができます。わたしは本気であなたと話をしたいと思っているのですよ。

〔どうか銃を下ろしてください！〕

——お若いかた、ここに差し迫った危険はありません。あなたの銃はホルスターにしまってもらって大丈夫ですよ。

〔それはできかねます〕

——あなたの名前と階級を教えていただけますか。

〔フランクリン兵曹です、閣下〕

――フランクリン？　あなたがたふたりは親戚なのですか？

〈違います、閣下〉

――フランクリン兵曹、もし親戚でないなら、あなたがわたしの指示によって短い人生の残りを監禁されて過ごすことになったとしても、彼女は気にしないでしょう。おそらくあなたはわたしのことをほとんど知らないでしょうが、これは保証します。もしわたしがその気になれば、生きているのが耐えがたいほどつらいので終わらせてほしい、とあなたに懇願させることができるのです。それにこれはお約束しますが、もしあなたがその銃を向けているあいだに、彼女自身の手によってであろうとなかろうとドクター・フランクリンの身に危害が及ぶことがあれば、わたしは完全にその気になるでしょう……けっこう。さあ、わたしたちをふたりきりにしてください。

〈閣下……〉

――出ていって扉を閉めなさい……ドクター・フランクリン、あなたと同姓の人物の細やかな気遣いに欠ける態度に対して、どうかわたしの謝罪を受け入れてください。残念ながらエリートが夜間の警備を割り当てられることはないのです。そしてなによりも、もしわれわれの前回の話し合いがこの絶望の瞬間を招いたのなら、どうか許してください。

――絶望じゃありません。わたしはこの茶番を終わりにしたいだけです。わたしはここにいるべきじゃない。ローズ・フランクリンは死んだんです！

――わたしはそんなことはいっていません。どうか銃を渡してください。あなたが今日、ご自身の人生を終わらせるつもりがないことは、おたがいよくわかっています。もうじき午前五時ということは、当然あなたは何時間もその銃を見つめていたのでしょう。あなたの信念は疑いませんが、その決意が朝食のあとで魔法のように強まることはないでしょう。

――自分で思っていたよりも難しかったんです。

――生きる意志を抑えこむのはとても難しいことです。恥ずかしながらその話題には、わたしは精通しています。それに、わたしたちにはほんとうにあなたの力が必要なのです。

――あなたがたにわたしは必要ありません。ほんとうに。わたしはいままで……戻ってきて以来、なにも役に立つことをしていません。

――それは違います。あなたよりテーミスを理解しているものはいません。

――彼女もここにあるはずのないものです、そうでしょう？　わたしは間違っていました。わたしたちがテーミスを見つけたのは、意図されていたことではなかったんです。彼女は埋められ、隠されたままでいるはずでした。そしてわたしは死ぬはずだった。あなたがたはテーミスを解体し、また海の底に投げこむべきです。彼女のことを忘れ、わたしのことも忘れるんです。

――それには少々手遅れですね。

――わたしはただ止めたいだけなんです。あなたにはこれがどういうものか……まあ、どうでもいいことです。お願いですから出ていってもらえませんか？

――わたしにはどうでもよくありません。もし銃を渡すか、せめて下ろすつもりがないなら……こちらも……昨日わたしが話したことは、あなたを元気づけるつもりでいったのですよ。いまとなってはわたしの話が意図した結果を招いていないことは、火を見るより明らかですが。

――あなたは事実を伝えてくれただけです。わたしはわたしじゃない！　わたしはコピーなんです！

――わたしはその手のことはなにもいっていませんが。

――彼らがわたしを無からつくったといったじゃありませんか！

――彼らはあなたが死ぬ前に手に入れていたデータを元に、あなたを再創造したのです。

――わたしはコピーなんです！

――わたしは関係者のひとりが話してくれた情報をあなたに伝えようとしました。いまは自分の翻訳が完璧とはいえなかったのがわかります。わたしの頭のなかでは、それははるかにましなことに聞こえたのですよ。翻訳する際に抜け落ちてしまったらしい主要な点は、あなたという人間、あなたの本質はその過程で完全に保たれたということです。わたしは――

――そんなことはどうでもいいわ！　わたしは――

——最後までいわせてください。わたしは自分でもろくに理解していない事柄を説得力を持って説明できるものと考えるという、ひどい間違いを犯しました。疑い深い性分のせいで、明らかにあなたには聞く資格のある情報を根拠もなく制限しようとしてきたのです。わたしは間違っていたし、申し訳なく思っています。その情報を教えてくれた人物は——

——その人はわたしを……わたしをつくった人たちのひとりなのですか？

——わたしはそう考えています。彼はあなたに会って、あなたの身になにが起こったのか正確に説明しようと申し出ました。わたしはそれを拒んだ。あなたが取り返しのつかないことをする前に、彼と連絡を取って面会の手配をする機会をわたしにください。あなたの科学的知識はわたしとはくらべものにならないほど豊かですし、わたしより多くのことを理解できるはずです。わたしにわかりやすくするために、彼は多くの物事を平易にしなくてはならなかったのではないかと思うのですよ。

——……

——彼の話を聞く気はありますか？

――……

――けっこう。あなたの好奇心がいまだに絶望より大きいとわかってほっとしましたよ。さあ、銃を渡してもらえますか？

――もしそれでもだめだったら？　わたしが彼の話を気に入らなかったら？

――そのときはなにか別の手を試すでしょう。

――あなたは永遠にわたしのお守りをすることはできませんよ。

――おそらくそうでしょう。しかしほかの人たちにそうするよう指示することはできます。もしあなたに銃を持たせたまま出ていき扉を閉めるといわせたいなら、それは無理です。わたしはあなたが命を絶つのを止めるために、できることはなんでもするつもりです。あなたのことが心配だからというのもありますが、ほとんどは純粋に利己的で現実的な理由からです。そうはいってもあなたはきわめて知的で創意に富んだ女性ですし、もしあなたが本気で死ぬつもりなら、おそらくわたしには止められないでしょう。そのときはなにか別の手を試すでしょうね。

——いったいなにがおっしゃりたいんですか？

——あなたは一度、死から呼び戻された。同じことをもう一度、そしてさらにまた行うことはできないと考える理由はありません。

——わたしは……あなたはわたしにそんなことをすると？

——わたしは自分たちを守るために必要だと感じることは、なんでもやるでしょう。「多くの人がなにを必要としているか」についてあなたに講釈するはめになるのはぜひとも避けたいところですが、いまはそんなことはいっていられません。あなた自身を含む専門家のほとんどは、もしわたしの思い違いでなければ、われらが異星の訪問者がいまにも戻ってくるだろうと考えています。たとえあなたでも、そのことにくらべれば現在自分が感じている失望など取るに足りないことだと認めるはずです。もしミズ・レズニックがその奈落に飛びこもうとしているなら、きっとあなたは彼女を止めるためにできるかぎりのことをするでしょう。

——おそらく。でも今回の件で彼女の役割ははっきりしています。わたしはただ、もう自分があなたがたの役に立てるとは思えないんです。

――時がたてばわかるでしょう。ちょっと話題を変えてもかまいませんか？

――なんの話をしたいというんです？

――異星人のロボットのなかにいたものたちについてわかったことを、教えてほしいのですよ。

――なぜです？　お話しできるような新しいことはなにもありませんよ。

――そういわずに。

――あなたは全部ご存じでしょう。報告書を読んでおられるはずです。もう話したじゃありませんか！

――彼らはわたしたちとよく似ているのですか？

――そうやって、話をどこへ持っていこうとしておられるんですか？　彼らの見かけはご存じのはずです。ごらんになったでしょう！　彼らは人間に似ています。肌は濃い黄褐色で、膝はあのロボットのように逆向きです。あれはほんとうに彼らの膝で、わたしたちがそうではないかと思っていたような趾行性《しこうせい》動物の足首ではありませんでした。彼らの脚には関節がひとつ余分についているんです。眉はありません。それ以外の点では内側も外側も人間に似ています。

――彼らは遺伝的観点からいって、われわれとどの程度近いのでしょう？　われわれのDNAの九十八パーセント以上がチンパンジーと共通しているのは知っています。あの異星人とはどの程度共通しているのか教えていただけますか？

――報告書は読まれたでしょう。それ以上なにが必要だというんですか！

――わたしはあなたの口から聞きたいのです。

――あなたはアリッサに張りついているべきだったんです。彼女はそういったことすべての専門家ですからね。

――アリッサと話せればと思うことはとてもたくさんありますよ。ですがいまのところ彼女には会えませんから、あなたが理解していることを聞かせてほしいのです。

――いいでしょう、あなたがいった最初の部分は必ずしもあてはまりません。わたしたちとチンパンジーのＤＮＡがどの程度似ているかは、どこをくらべるかによって大きく左右されます。もしすべてを見れば、ほんとうはそれほど近くありません。異星人に関してわたしたちが見つけた簡単な答えは、○パーセントです。彼らにはＤＮＡがないんですから。

――彼らがそれほどわれわれと違っているとは、わたしには信じにくいのですが。

――それほど違ってはいません。つくりはほとんど同じです。ただ……ＤＮＡがなにかはご存じですか？

――デオキシリボ核酸。わたしの理解では、それにはわれわれが知っている生命への遺伝的指令が含まれています。単純すぎる答えだということはわかっていますが。

――かいつまんでいえばそんなところです。それは情報の貯蔵庫なんです。信じられないほど大量の情報を蓄えられる分子です。それに安定しています。それがほんとうにクールなのは、自らを複製できるというところです。生命を生み出すのに必要なものは、基本的にそれだけなんです。ある程度の時間、情報を保持し、それを次に伝えていく能力。そしてあなたはその名前を正しく答えられました。わたしが尋ねたかったのは、それがなにでできているかです。

――教えてください。

――名前のとおり、ＤＮＡとは核酸です。それはさらに小さいヌクレオチドと呼ばれるものからできています。ヌクレオチドをつくるには三つのものが必要です。リン酸、塩基、糖。

――糖？

――ええ。生命のなかには糖があるのです。もしその糖が、わたしたちがデオキシリボースと呼ぶものなら、デオキシリボ核酸、あるいはＤＮＡとなります。もし糖がより単純なリボースなら、ＲＮＡとなります。それも情報を蓄えることはできますが、ＤＮＡほど安定していません。あの異星人たちはきわめてよく似た遺伝子構造を持っていますが、彼らのヌクレオチドはまた別の糖を使っています。わたしたちがアラビノースと呼ぶ種類のものです。

――ＡＮＡ。

――まさしく。

——それで、それが唯一の違いなのですか？

——そういうわけではありません。それぞれのヌクレオチドには塩基もあります。DNAでは……ほんとうにこんなことをお聞きになりたいんですか？

——お願いします。

——DNAに含まれる塩基は四種類です。シトシン、グアニン、アデニン、チミン。これらはC、G、A、Tと呼ばれます。これが遺伝子の記述に使われる文字です。異星人の遺伝子コードにはAのかわりに、ジアミノプリンと呼ばれるものが使われます。それが彼らの遺伝子コードをわれわれのものより少し安定させているのです。

——それはわれわれのDNAと互換性があるのですか？

——あるかもしれません。そのふたつはおたがいに話ができるかもしれないほど近いものです。

――するとその違いについては、ほんとうに興味深い点はないと？

――ご冗談でしょう？　これはおそらく、わたしたちがこれまでに成し遂げたもっとも大きな発見のひとつなのですよ。ＤＮＡは生命を手に入れるほぼ唯一の方法だと考えられていました。わたしたちはＲＮＡベースの生命が進化することは可能なのだろうか、と考えてきたのです。核酸の構造をいじることができるようになったのは、つい最近です。わたしたちは研究室でＡＮＡをつくることができますし、これまでに多くの異なる糖で試してきました。ジアミノプリンもつくることができます。そのすべてをつくることができるんです！　ですがここまでわたしたちによく似た複雑な生命体において自然に発生しているのを見ると……そのおかげでＤＮＡにはまったく特別なところはないとわかりました。材料を取り換えることができるし、それでも生命のレシピは手に入るのです。どういうことかわかりますか？　わたしたちは生命誕生の秘密にすぐ近くまで迫っているのです。どうやって物質から生命になるのかという秘密に。これは――

――魅力的？

――魅力的なだけではありません。畏怖《いふ》の念を起こさせます。これは……創世記です。

――あなたは心を打たれている。

――ええ。それは――

――それは完璧に人間らしい反応に思えますね。

――……彼らは優秀なコピーをつくったようですね。あなたがなにをやろうとしているのかはわかりますが、わたしは自分がロボットだとは思いません。感情があるからといって、わたしが偽者ではないということにはなりません。

――そうでしょうか？　わたしはあなたに感情があるという事実ではなく、感情的な反応を引き起こしたものに注目していたのです。限られた知識しかないかもしれませんが、わたしにはあなたが、生命の構成要素はいろいろな形を取り得るという事実に心を動かされていたように思えるのです。あなたが主張されていたのはそういうことではないのですか？　ＤＮＡには基本的に珍しいところはなく、魔法でもなんでもないということでは？　材料はどうでもいい、生命は情報を保てるほど安定していて、それ自身を複製できるならば、どのような分子構造からでも形づくることができる。あなたはそうおっしゃいました。自分に理解できる要素まで見通すのは無理だと考えていたなにかを分解することができたから、あなたは心を動かされた。

——ええ。

——それならあなたの身に起こったことにも、同じ畏怖の念を感じるべきではありませんか？　あなたほど類のない存在を、安定した原子の配置にまで分解できるという認識が、なぜ同じ満足感をもたらさないのでしょう？　わたしは遺伝学のことはなにも知りませんから、あなたが説明してくれた発見にそれほど心を動かされはしませんが、あなたのことは非凡な存在だと思っていますし、宇宙という生地《きじ》からこれほど複雑で微妙ななにかを仕立て直すことを考えると、実に謙虚な気持ちになりますよ。もし信仰のせいで苦しんでおられるのなら、あなたはそこに奇跡を見るべきです。

——……

——考えてみてください。

——あなたの携帯が鳴っていますよ。

——たいしたことではありません。

——出るべきです。重要なことかもしれません。

——わたしはあなたのためにここにいるのです。

——出てください。なにもばかなことはしないと約束しますから。

——いいでしょう……もしもし……いつ？……すぐ向かいます。

——どうしたんです？

——申し訳ありませんが、至急わたしの対応が求められる事態です。

——いってください。

——あなたをひとりきりで置いていくつもりはありません。こちらにきてあなたについていてくれるようミズ・レズニックに頼むことはできますが、あなたに一緒にきてもらったほうがいいでしょう。あなたの力が必要かもしれません。

——なにが起こっているんですか？

——テーミスが消えたのです。

——なんですって？

——一緒にきてもらえますか？

——ええ。いきましょう！

——ドクター・フランクリン。銃をこちらに。いいでしょう？

ファイル番号一五二九
EDC、カーラ・レズニック大尉との会話
場所：ニューヨーク州ニューヨーク市、EDC本部

〈格納庫の扉は閉まっていたのか？〉

〈あなたは覚えて――〉

――みんな、やめて！　ひとりずつにして。ユージ……准将、どうぞ。

〈テーミスが消えたことに気づいたのはいつのことかね？〉

――本気で訊いてるんですか？　五分ほど前、あなたに電話したときですよ。わたしがその前にマニキュアを塗りにいっていたとでも？

〔言葉に気をつけたまえ、レズニック大尉……〕

——努力はしてるんですが、こんなのは時間のむだですよ。なに、ローズ？

〔格納庫の扉はずっと閉まってたの？〕

——ええ、閉まってたわ。つまりね、彼は散歩に出かけたんじゃないってことよ。わたし抜きでテーミスを歩かせることはできないんだから。倒れてしまう。

——ミズ・レズニック、今朝テーミスは、たしかに格納庫にあったのですね？

——ええ！　彼女は十分ほど前にはここにいました。この目で見たわ。それにヴィンセントと話したんです！

——あなたが覚えていることをすべて話してください。

——わたしが覚えていること？　彼女はただ消えたんですよ！　誰かわたしの話を聞いてます？

——いまわたしたちは聞いていますよ。

——ヴィンセントは今朝、ほんとうに早く起き出すと、いくつかひとりで試したいことがあるからといって、わたしをおいて出ていきました。わたしは二度寝ができなかったので、少し読書をしてからこちらに向かいました。そして彼に無線で連絡したんです。ヴィンセントは球体のなかにいました。朝食を食べたのか尋ねると、食べていないという返事でした。それでわたしはベーグルを持っていくといいました。キッチンにいって戻ってきたときには、彼らはいなくなっていたんです。

——なにも忘れていないと自信を持っていえますか？　ほんの些細《ささい》なことが重要かもしれないのですよ。

——そうだ！　つまり……ヴィンセントはお腹はすいていないといったんです。わたしは彼に、ベーグルが傷んでしまってはもったいないといいました——彼のモントリオール土産なんです。ここには冷凍庫がないので……彼は、だったら食べるといいました。わたしはベーグルを用意したんです！　なにを塗ったか知りたいですか？　クリームチーズとラズベリージャムです。それからテーミスがわたしの夫を乗せたまま消えてしまった。これで満足ですか？

――いまのところは。味の詳細は不要でしたが。

――彼のことを冗談じゃなくてわたしの夫と呼んだのは、これが初めてだと思います……彼を見つけなくては！

――見つけますとも。ドクター・フランクリン、現時点でテーミスがどこにいるかわかりますか？

｛GPSにはなにも映っていません｝

――故障している可能性は？

｛ほかのものはすべてとらえています。テーミス以外は｝

――ひょっとすると受信機の故障かもしれませんね。

――三台とも？　ほんとうに彼女は見えないの？

〔表示によれば、彼女はもうここにはいないわね〕

——そんなのは理屈に合わないわ。ただ消えてしまうなんて考えられない。

——ひょっとすると誰かがGPSの受信機をいじったせいで、彼女の位置を見つけられないのかもしれませんね。

——あり得ないわ。

——わたしは単純に考えられる理由をいくつか挙げてみようとしているだけですよ。

——いまのは理由になりません。

——なぜだめなのですか？

——受信機は球体のなかにあります。あそこまで上がっていくだけで十分ほどかかるんです。ヴィンセントとわたしが無線で話す前に、それを見つけて機能を停止させる必要があるでしょう。それからどうします？　たとえヴィンセントが協力しても、テーミスを操縦してここから出すのは無理です。高さ六十メートル、重さ七千トンの金属のかたまりを、いっさい音を立てずに動かすんですよ。それを全部、わたしがベーグルを用意しているあいだにやるんです。

——あなたの論理は妥当ですね。もっと納得のいく説を提示することはできますか？

——いますぐは無理です。

——異星人たちがなんらかの方法で彼女を運んでいった可能性は？

——つまりあの異星人のロボットが、自分をちょっとロンドンに「転送」したみたいにということですね？　わたしにはわかりません。ローズは？

〈わたしたちにはあれが自らを「転送」したのか、ほかのなにものかに「転送」されたのかはわからない。どちらにせよ、わたしはそうは思わないわ〉

——反証がなにもないのにその説を却下するのは、時期尚早のように思いますが。

——彼女のいうとおりです。もしその気になればいつでもあっさりテーミスを引き離すことができるなら、わたしたちと戦っている最中にそうしていたんじゃありませんか？

——あのときはその能力はなかったが、いまは持っているという可能性はあります。そうするには宇宙船か、それともロンドンにはない装備が必要だったのかもしれません。

——しかしいまここにはあると？　わたしたちの検知器にはなにもひっかからずに？

——少々突飛に聞こえますが、いまわたしたちが話題にしているのは外宇宙からやってきた巨大ロボットなのですから。

——とにかくその選択肢はありません。

——わたしならその可能性をやみくもに放棄することはないでしょうね。

——わたしは放棄します！　もし異星人が彼らの故郷だか宇宙空間だかにテーミスを転送したのなら、わたしたちにはどうしようもありません。テーミスとヴィンセントを取り戻すとしたらどこなのか、について話しませんか？　それも無事に。

――いいですとも。テーミスがもはや地球上にはないという可能性をさしあたり無視するなら、選択肢はふたつだけのように思えますね。ＧＰＳの故障もしくは改竄《かいざん》、あるいは彼女がＧＰＳ信号の届かないどこかにいる。彼女が信号を遮断する構造物のなかにいる可能性はありますか？

――ここのような、ということですか？

――ええ。ある種の建物のなかでは、ＧＰＳの受信機が適切に機能しないことは知っています。

〈どういうわけか、テーミスの場合は違います。彼女の信号を遮断するためには大変な干渉が必要になります。あれだけの金属のかたまりのなかで無線をとらえられるはずはないのに、それは機能するんです。この建物のなかではわたしの携帯のＧＰＳは働きませんが、あの球体のなかでは機能しますし、彼女がここにいるなら、わたしたちは常にテーミスをスクリーン上で見ることができます〉

――ありがとう、ドクター・フランクリン。しかし彼女は、より……電波を通しにくい建物のなかにいるのかもしれませんよ。われわれはありそうもない説明をすべて拒むことはできません。ありそうな説明が得られないのは明らかなのですから。

——いいでしょう。するとヴィンセントは、神のみぞ知るどこかに向かって宇宙を突き進んでいる最中か、それとも地球上にいて連絡を取れないだけか、ということですね。身の丈六十メートルの巨人を入れておける場所のリストづくりに取りかかることはできませんか？

——それはたしかにできるでしょう。ですが過度に悲観的に聞こえない言い方をすれば、あなたはテーミスが昔ながらの意味で単純に移動させられたはずはないという、実にしっかりした主張を繰り広げてこられました。もし彼女をこの格納庫から「転送」したのが異星人たちでなければ、誰かが、もしくはなにかがそうしたと思われます。

〈ヴィンセントとわたしは、テーミスが自らを転送する能力を持っている可能性について話したことがあります。ロンドンにあのロボットが現れたのはその力によるのだと仮定して。わたしたちはまだなにも試していませんでしたが、ヴィンセントが独力でなにかを見つけたと考えるのは、無理な話ではありません〉

——彼がいった可能性のある場所は？

〈見当もつきません〉

〈邪魔はしたくないが、今日の午後は新聞社がくるんだ。パイロットと何人かの高校生が質疑応答を行うことになっている〉

――残念ながら日程を変更していただかなくてはならないでしょうね、准将。あいにくミズ・レズニックはとても重症のインフルエンザにかかることになりますし、彼女の夫も今朝は同じ症状で寝こんでいますから。

――(咳《せき》)。静養するあいだにわたしにはなにができるでしょう?

――准将を手伝って、国内で可能性のある場所のリストをつくることができます。

――あなたはどこへ?

――バージニアのシャンティリーへ。ミサイルのサイロか小規模な軍勢を収容できる大きさの施設はすべて、衛星で監視するべきでしょう。戸口にいるのは誰ですか?

――あれはエイミー……なんとかいう……軍属です。

――彼女はここにきてもかまわないことになっているのですか？

〔許可は与えられている。通信課で働いているんだ〕

――彼女を入れてください……ご用はなんでしょう、ミズ……エイミー？

〈お騒がせしてほんとうに申し訳ないのですが、この部屋の電波抑制装置のせいで、どうしてもあなたの携帯につながらないものですから。ある紳士から電話があって……インターポールのインフラ・テラに載っていたレッドノーティスが――ああ、舌を嚙みそうだわ――ヘルシンキで顔認識システムにひょっこり現れた、とのことです。わたしにはどういう意味だかさっぱりわかりませんが、先方があなたは知りたがるだろうと〉

――どうもありがとう、エイミー。もういってかまいませんよ。

――何なんです？

――実に忙しい一日になりますよ、ミズ・レズニック。

ファイル番号一五三二

フィンランド税関の尋問記録

場所：ヘルシンキ空港

――そ……それは……もういやというほど話したじゃありませんか。わたしの名前はマリ……マリーナ・アントニューです。

――それで、ヘルシンキでなにをしているのですか？

――こんなのは、し……信じられないわ。わたしはヘルシンキで……なにもしてません！　の……乗り継ぎ便の予定があるんです。いま何時ですか？

――だいたい一九：〇〇ですね。

――冗談じゃない《ガモト》！　もう飛行機に乗り遅れてしまったわ。わたしはこの部屋に、ろ……六時間いるんですよ。もういってかまいませんか？

——もうじきです。次の便に乗ればいい。あなたはどこへ向かっているのですか？

——次の便はありません。次は明日です。それにわたしのチケットは、あなたのめ……目の前にあります。わたしの説明がか……変わるかどうかたしかめるために、何度も……何度も同じ質問を繰り返しているのはわかっていますが、あなたがその質問をするのはこれで十回目で、答えはそこに書いてあります。行き先はニューヨーク市、わたしの名前もです。それは飛行機のチケットです。わたしは……わたしはそれでほかのどこへいくこともできません。このまま延々とし……質問を続けるつもりなら、せめてなにかわたしが口を滑らせるか……可能性の……あることを見つけるべきでしょう。

——これはたんなるおきまりの質問なんです。空港の警備が厳しくなっていて、あなたは無作為に選ばれたのですよ。

——どうしてほんとうは……なにが起こっているのか話してくれないんですか？　あなたたちは無作為に選んだ人たちに一日がかりで——

——あといくつか質問があるだけです……保安上の理由でね。

——いいえ！　そんなものはありません。あなたのし……質問は四時間前にネタ切れになっています。コーヒーを少しもらえますか？

——もうじきです。

——あなたはずっと腕時計を見ていますね。誰かを待っているんですか？

——彼はわたしを待っていたのですよ……なにも飲み物を出さなかったのは、あなたがこの部屋を離れることは認められていないので、漏らさせたくなかったのです。ありがとう、お若いかた。ふたりきりにしていただいてけっこうです。あらためていうまでもないことはわかっていますが、この女性に会ったことはほかの誰とも話してはいけません。ですがこの部屋を出たら、ご自身の昇進について上司と話すことはできます。アリッサ・パパントヌ。わたしを見ても驚いた様子がありませんね。

——あなたが現れるかもしれないという気がしていたんです。

――新しいパスポートですか？　アントニュー。よく考えましたね。

――嘘をつくときはできるだけ真実にち……近いものにするよういわれたので。

――どうしてマリーナなのですか？

――わたし……わたしの母の名前です。

――それは忘れにくい名だ。ロシア人の教え方がよかったようですね。

――彼らは、あなたがスレ……スレブレニツァの大量虐殺の罪をわたしに着せようとしている、とも教えてくれました。それはやりすぎだとは思いませんか？

――そうでしょうか？

――あなたは、わたしが……民族に関わる時代遅れの考えのために人々を殺すと思うのですか？

——ミズ・パパントヌ、正直なところわたしには、あなたが信じていることがどうして拷問や死をもたらす理由になるのか、さっぱりわからないのですよ。

——拷問？　わたしはけっして、わざと誰かにく……苦痛を与えたりはしません。あなたはほんとうに、わたしのことをまったくわかっておられませんね。

——それはこのわたしが真っ先に認めます。わたしにはわかりません。ですがあなたがミズ・レズニックに、なんというかきわめて不愉快な処置を甘受させたのは、衝動からではありませんでした。

——わたしはけっして彼女を苦しめたかったわけじゃありません！　子どもの頃にこ……子猫を焼き殺していたサイコパスではないんです。わたしはけっして……誰かを傷つけることに喜びを感じたことはありません。

——つまり、スレブレニツァの虐殺にはいっさい関わっていないということですね？

——どうしたらそんな考えが……？　ボスニア紛争の最中になにがあったか知っ、て、い、るんですか？　それともほう……報道関係者があらゆる名前を読み間違えるのを見ていただけですか？

――わたしにはボスニア紛争に関して直接得た知識はありません。そのあとのコソボ紛争のただなかにいたのですよ。

――それならセルビア国民とセルビア人、ボスニア人とボシュニャク人の違いはわかって――

――クロアチア国民とクロアチア人。国籍と民族の違いはわかっています。そのことが、あなたの民族浄化への関与とどういう関係があるのですか？

――わたしの両親、彼らはが……学者でした。ふたりは学会で出会ったんです。父はセルビア正教を信仰する家族の出でした。母はルーマニア東方典礼カトリック教会の信者でした。どういうわけかそのせいで、母はクロアチア人と見なされました。ただしクロアチア人は別で、彼らは母をジプシーと呼びました。妹にはモ……モスレム人のボーイフレンドがいました。わたしは無神論者でした。わたしたちはみな、ボスニア人だったんです。

――なにをおっしゃりたいのでしょう？

——わたしには自分でもどちらの側なのかわからなかっただろう、ということです。

——大量虐殺があった頃、あなたは一年以上のあいだ失業していたのに、ライフスタイルにはまったく打撃を受けていませんでしたね。

——それのど……どこがひっかかるんですか？　わたしは遺伝学者ということになっていました。そしてもう研究は行われていなかった。給料も支払われていませんでした。わたしはて、て、手足をなくした人たちが目の前で死んでいくのを見ることにうんざりして、病院を辞めたんです。両親はちょ……ちょうど亡くなったばかりでした。彼らはわたしに少しお金を遺《のこ》してくれたんです。

——それならわたしは、あなたが合衆国で裁判にかけられるのを眺めることで満足しなくてはならないようですね。ここには、あなたがニューヨークで飛行機を乗り継いでプエルトリコへ向かうところだった、と書かれています。どうしてあそこへ戻ろうとしていたのですか？

——あなたには関係のないことです。

――たしかにわれわれはおたがいをそれほどよく知っているわけではありませんが、結局あなたはわたしの知りたいことをすべて話すことになると理解しなくてはなりません。さらに不快な経験をしないですむようにしてはどうですか?

――いま拷問の話をしているのは誰でしょうね? あなたはなにに対してそれほど、は……腹を立てているんですか?

――われわれはどちらも、あなたがなにをしたか知っています。もしあなたが覚えていないなら、きっと裁判のあいだにたびたび思い出させられるでしょう。

――わたしはやるべきことをやったまでです。たとえあなたにはそのゆ……勇気がなくても、誰かがやらねばならなかったんです。

――ミズ・レズニックから本人の意思に反して卵子を採取するのが、やらねばならなかったことですか?

――彼女が自発的に提供してくれればもっとよかったでしょうが、そうはしてくれませんでしたから。

――……

――そうです……そうする必要があったんですよ！

――それはその場ですぐにやらねばならないことではありませんでした。あなたは彼女が自発的に提供してくれるまで、あるいは周囲の状況がより思い切った手段を求めるまで、待つことができたはずです。

――いいえ！　そんなことはできなかったでしょう！　悠長なことをいっている場合ではないんです。ほかの人たちがどう感じるかなど、心配してはいられません。最善の結果を期待して、じょう……譲歩するわけにはいかないんです。そんなことをしたら人々が死ぬんですから。

――あなたは突然、取り乱したようですね。

――あなたは襲撃された町を見たことがありますか？

――ありません。

——わたしもです。で……ですが父が話してくれました。包囲攻撃がはじまったとき、わたしはまだサラエボにいました。国全体がしょう……正気をなくしていました。誰もが誰かと戦っていたんです。セルビア人はクロアチア人と戦いました。みんながモスレム人とた……戦いました。人々はひっきりなしに襲撃を受けていました。そんなある日、やつらがわたしたちの町に入ってきたんです。

——誰がです？　セルビア人ですか？

——それは問題ではありません。ボシュニャク人とクロアチア人も大勢の人たちを殺しましたが、ええ、彼らはスルプスカ共和国軍《VRS》でした。人口一万人の町を脅すのに、何人必要だか知っていますか？

——ふつうに考えるよりも少ないのでしょうね。

——おそらく五十人でやれるでしょう。その日はもっと大勢いました。わたしが出かけていたあいだに、二百人のＶＲＳの兵士がわたしの町を襲撃したんです。わたしたちはみな、残虐行為の話を聞いていました。ＶＲＳがなにをするかは知っていたんです。町の人たちは無防備ではありませんでした。武器はた……たくさん持っていたんです。その気になれば反撃は可能だったでしょう。一万対二百です。連中はたちまち圧倒されていたはずです。ですが彼らはやりませんでした。町の指導者たちはみなに、平静を保って自宅にとどまるよう呼びかけました。彼らをちょ……挑発するなと！　事態をもっと悪くするなと！　彼らは抵抗しなければことが簡単になると考えたんです。

——そうなったのですか？

——ことによるとそうかもしれません。その日やつらは、二十七人しか殺しませんでした。二百人の……そ、それより少ない人数の男たちでです。なぜ少なかったかといえば、やつらのうちの十人あまりは、わたしの……わたしの妹をかわるがわる死ぬまでレイプしていたからです。連中はわたしの両親にそれを見せ、それから母を殺して、父は生かしておきました……彼がセルビア人だったからです。あの日やつらは大勢の人たちをレイプし、殺しました。町全体で通りに残っていた男たちは、百人もいなかったでしょう。住人たちは誰もなにもしませんでした。誰もやろうとしませんでした。みながただ……最善の事態を望んでいました。父は一週間後に自殺しました。

もしやるべきことをやらなければ、こういうことになるんです。ヴィンセントとカーラは二十代の半ばでした。それはつまり、彼らが効率よくこ……子どもをつくれるのは、せいぜいあとに……二十年だったということです。彼らは死んでいたかもしれません。びょ……病気になっていたかもしれません。わたしは彼らの子どもたちがロボットを操縦できる見込みは充分あると考えていましたが、それがわかるには何年もかかるでしょう……

――あなたは人々が子どもを持つのに……ほかの方法があることに気づいていますか？　なぜわたしが同じ部隊に属するふたりの人間に関係を追求するようすすめたのだろうと考えたことが、一度でもあるのですか？

――それがあなたの行動の理由だったとは思いませんね。彼らのことが好きだったからでしょう。ひょっとすると、そうすれば彼らの共同作業がよりうまくいくだろうと考えたのかもしれません。

――もしわたしが好むと好まざるとに関わらず、あなたにどう思われていようとまったく関心はないと多少なりとも思わせていたのなら、それはこちらの過ちです。二度とそんなことにはならないでしょう。

――あなたがなぜそうしたのかは問題ではありません。わたしもで……伝統的な方法で生まれた彼らの子どもたちがロボットを操縦できることを、期待していました。それが最良の筋書きでしょう。十人を超える赤ん坊ができて、そのひとりひとりがどちらの操縦席も操作できるというのが。ですが彼らのこ……子どもたちは両親のい……遺伝子を半分しか持っていないでしょうし、それは都合のいいほうの半分ではないかもしれません。うまくいかないかもしれないんです。成り行きを見守るわけにはいきませんでした。わたしは彼らのクローンをつくることも試さなくてはならなかった。動物の遺伝子を彼らのそれと継ぎ合わせて、彼らの脚を正しい方向に曲げることができるかやってみる必要があった。

——あなたは正気ではありません。

——そうでしょうか？　もし彼らに子どもができたら、あなたはどうしていたでしょうね？　その子どもたちのひとりの脚を切り開いて、その子の膝が後ろに曲がるように骨を全部取り除く？　それこそむごいことになりますよ。彼らが志願したとは思えません。あなたはこの件をしっかり考え……考えていないだけです。少なくともわたしの計画には、誰かを切り……切り裂くことは含まれていませんでした。

——あなたは成功したのですか？

——もちろんしてませんとも！　取りかかることさえできないうちに、あなたがわたしを研究室から追い出したんです。異星人たちはわたしが願っていたよりも早くやってきましたが、きっといまならあなたも、わたしが正しかったとわかるでしょう。

――三分前、わたしはあなたが己の罪を裁かれるところを見るのをおおいに楽しむだろうといいました。ほとんどの人にとってそれが示唆するのは……いいえ、わたしはあなたが正しかったとは思いません。

――異星人があとす……数年遅くやってきていたら、そしてカーラがけがをしていたら、と想像してみるんです。ロンドンではさらにどれだけ多くの死者が出ていたでしょう？　ロンドンのあとで、彼らは攻撃をや……やめていたでしょうか？　もしわたしが彼女にかわる新しいパイロットを提供していたら、あなたは断ったでしょうか？

――あなたがみなを救い、英雄になった世界を想像することはできます。その世界ではわたしはあなたに許しを乞い、大統領があなたの胸に勲章を留めるのを厳《おごそ》かに見守るでしょう。幸いなことにわたしが生きているのは、その世界ではありません。わたしの経験にもとづけば、あなたに下される判決も、仮定ではなく事実にもとづいたものになるでしょう。

――わたしはそうは思いません。

——それが事実にもとづいたものになるとは思わないと?

——裁判が開かれるとは思わないということです。

——奇妙に見えるかもしれませんが、ほとんどの政府は理由もなく裁判を省略して即座に処刑することはないでしょう。彼らはそういうことを……不適切とみなすのです。

——わたしのか……完全な赦免を得る前に、あなたがわたしをアメリカ人にひ……引き渡すとは思いませんね。

——わたしたちはまだ、そのあなたの空想の世界に生きているのですか?

——どうやら仮説はお好きではないようですから、現実の世界であなたの信念がどれほどのものか見てみましょう。わたしには研究室で誰のクローンもつくる時間はありませんでした。海兵隊員がと……突入してくる前に、サンプルをいくつかひっつかむのがやっとでした。わたしはロシア人にもらった偽造パスポートを持っていましたが、誰にも問いただされずに生物学上のサンプルを持ってた……旅する……ことはできません。ですからあの島を離れる前にある不妊治療院に立ち寄って、彼らがわたしの提供した……サンプルを使うように手配したんです。受精卵は四つありました。三つは着床しませんでした。ひとつはしました。

——あなたはなにをいっているのですか？

——プエルトリコに十歳の女の子がいるといっているんです。き……きれいな緑色の目をして、ひょっとするとあのきょ……巨大ロボットを操縦できるかもしれない子どもが。当然ながら、もしわたしのほしいものをくれなければ、あなたにはけっして捜し出せないでしょう。

——それで、そのほしいものとは？

——完全な赦免です。それに研究チームに戻りたいんです。

——あなたは正気とは思えませんね。プエルトリコは東西百六十キロほどです。わたしが十歳の女の子をひとり見つけるのに、どのくらいかかると思うのですか？

——わかりません。役に立つ記録がなければお……おそらく二、三週間。あなたが居場所を見つける頃には、彼女はそこからいなくなっているでしょう。わたしは彼女をロシアに連れ帰るはずだったんです。彼らがその子の訓練をは……はじめられるように。予約した飛行機にわたしが乗らなかったことは、ロシア人たちの知るところになるでしょう。彼らはその子を手に入れようとするはずです。

――どうしてわたしが、あなたにその子を見つける手伝いをさせたあとであっさり殺してしまわないと思うのですか？

――それは、わたしはあなたをし……信頼していますからね。あなたはそれを……不適切だと思うでしょうから。

ファイル番号一五三四
研究記録――EDC顧問、ヴィンセント・クーチャー
場所：不明

この記録はヴィンセント・クーチャーが、テーミスに搭乗して録音している。ぼくは……ぼくには自分がどこにいるのか見当もつかない。外の様子は見えない。あたり一面真っ暗だ。宇宙空間ではないと思う。星がひとつもない。テーミスの左右の足に体重を移動させることができるから、しっかりした地面に立っているのは間違いない。なにか……聞こえる。とても……低いブーンという音だ。もしそれになにか意味があればだが、動いていないときのライトセーバーみたいな音だ。現時点でいちばん考えられるのは、ここはどこかの海のなかで、あの音は水が機体にぶつかる音だということだ。

どうやってここにきたのか正確なところはわからないが、おおよその察しはついている。それが起こったとき、ぼくはテーミスが……瞬間移動できるのか突き止めようとしていた。ローズとぼくはロンドンの一件以来、ずっとその話をしてきた。テーミスにとってそういう方法で移動することは理にかなっているだろう、とぼくらは考えた。そう、足の下に小さなロケット

がついているとか、背中に翼が開くよりも理にかなっている。なんといっても彼女の重量は七千二百トンあるのだから。

ほんとうのところ、それはまったくの希望的観測だった。ぼくたちが期待していたのはロンドンで見たものとはまったく違うなにかだったからだ。あれは外宇宙からやってきたのだから、なにを使ってここにたどり着いたにせよ、それは三次元空間で機能するものにちがいない。だとすれば、ぼくらがこの地球上でそれを使うのはほぼ不可能だろう。惑星の表面は曲線を描いているし、地形も考慮する必要がある。自分の目が届かない距離を移動しようとすれば、ほんとうに面倒なことになるだろう。最終的に山の内部や深さ数キロの地殻の奥、あるいは数キロ上空にいきつくはめになる可能性がある。ローズとぼくは……使いやすいものを求めていた。アップルがつくりそうなもの。惑星の表面を平らだと見なし、必要な作業を全部かわりにやってくれるような装置を。ボタンをひとつ押すだけでいきたい場所に着いて、地下や空中ではなく地面に両足で立つ。とにかくぼくは、カーラがくる前に——自分が手伝えないと彼女は腹を立てるから——操作盤で二、三試してみようとして、朝早く研究室に出かけた。ある時点でぼくはひとつのキーを叩いた。すべてが白くなり、なにも聞こえなくなった。そしてここにいた。

そう、いい知らせは、テーミスがどこへでも移動できるということだ！

そして悪い知らせは、ぼくがそれを誰にも伝えられないうちに、ここで死んでしまうだろうということだ。

腕時計によれば、ぼくはここに二日と少しいる。物資はなにもない。持ってきたのは水のボトルが一本だけで、それはいまでは空になっている。できるものなら、ほんとうにいますぐチーズバーガーを食べたい。チーズを追加して、ベーコンを挟んで……プーティン（フライドポテトにグレイビーソースとチーズカードをかけた、カナダのファストフード）の大……少なくとも空気は問題ないと思う。球体の容積は約四百立方メートルだから、ぼくは二酸化炭素中毒で死ぬずっと前に渇き死にするだろう。

もしぼくの考えているとおりここが海のなかなら――たぶん大西洋のなかだろう――誰かが見つけてくれるとはまず考えられない。おそらくあと二、三日は持つだろうが、すでに集中するのが難しくなってきているから、なにか試すなら今日だと思う。どの方向へでも歩いていくことができればいいけど、カーラがいないとバランスを保つことができない。それになにも見えないから、もし動こうとすればテーミスが転んでうつぶせに倒れてしまうのがおちだろう。

あの朝自分で録音した記録を聞いて、いくつか気づいたことがある。うまくいかなかった場合に備えて、ひととおり説明しておこう。操作盤の右側のいちばん上に、横棒が一本ついたＭのようなボタンがある。ぼくはそれから取りかかった。そのボタンの使い方は見つかっていなかったし、それは……動きを表すように見えたから。だからぼくが試した操作は、すべてそれとの組み合わせで、なにかの数字と「実行」だった。

ローズは緯度と経度のようなものを試してみたいと考えていたが、テーミスは地球でつくられたものではないし、どの惑星でも通用するようなふたつの座標を使ったシステムは想像しがたい。たとえすべての惑星が比較的安定した地軸を持っていると仮定しても、そのことはそうした座標のひとつにとって自然な起点、極か赤道を与えてくれるだけだが、それと直角に交わる自然な起点はない。経度は東西の軸の完全に無作為な点が基準になっている。われわれが相手にしている異星人たちが、グリニッジ標準時について聞いたことがあるとは思わない。

もしふたつの座標を使ったシステムだとすれば、テーミス自身を基準点とするほうがはるかに筋が通っているだろう。座標ゼロ、ゼロを現在位置とするのだ。問題は、もし緯度と経度のようなものを使うなら、その数字が意味することは自分がいる惑星によって違ってくるだろうということだ。緯度と経度は惑星の中心からの角度を測るものだから、地表における距離は、そう、大きな惑星では一度あたりの距離は長く、小さな惑星ではずっと短くなるだろう。惑星が大きければ大きいほど、ナビゲーションシステムの正確さは低下するはずだ。

別の方法も考えられる。ぼくがほんとうに期待していたのはずっと単純なシステムだ。ただテーミスをいきたい方向に向けて距離を打ちこむ、それだけだ。数字をふたつではなくひとつ。移動距離が長くなりすぎれば、とてつもなく正確とはいかないだろう。ニューヨークから──たとえば――パリへひとっ飛びというわけにはいかないはずだ。それだけの距離で正確な方向をつかむのは無理だが、大西洋を飛びこえてから、方向を調整しつつぴょんぴょん跳んでいくことはできるだろう。それがうまくいく可能性はほとんどなかったが、ぼくは自分に利用できるとわかっているなにかを探すほうが楽しいと思った。

ぼくは小さな数字からはじめて、テーミスを一ずつ移動させようとした。正確には一がどのくらいの距離を意味するのかわからなかったが、たぶん格納庫の前の空き地に出るくらいだろうと考えた。そこで……ぼくは「移動」だと考えていたボタン、それから一、そして「実行」

を試してみた。もちろんなにも起こらなかった。逆を試してみたが、それもだめ。「移動」のボタンを押したまま一を押して離す。それほどたくさんのパターンはないので全部試したと思う。ふと、このままではまったくうまくいかないかもしれない、という考えが浮かんだ。一の単位で瞬間移動をするのは一歩進むようなもので、ばかげているかもしれないからだ。ぼくはむきになって、二で試した。だめだった。そのあとぼくは単純な解決法をあきらめて、ひとつではなくふたつの数字を試すことに決めた。

数字のあいだに「実行」を挟んだり、間を空けたりしてみた。あるときぼくは、こんなことを試してみた。「実行」を押したまま二を押し、間を置いてもう一度二を押してから離す。たいしたことは起こらなかったが、操作盤からなにか正しい操作をしたときに鳴るような音がした。ぼくはそれを何度か繰り返した。得られたのは音だけだった。それから先はいらいらして、録音はほぼ役に立たない。自分が何度か「二」と叫ぶのが聞こえ、それからぼくはここにいる。要するに自分がなにをしたのかわからないが、その一連の操作ではじまるわけだ。少なくとも四つの数字を入力したことはわかっているから、これがふたつの座標を用いるシステムで、間を置いた意味はなかったのか、それともとんでもない四次元のシステムで、いまぼくは四千年前の宇宙で岩のなかに閉じこめられて死にかけているか、ということになる。

とにかくぼくは、自分がやったことを再現しようとしている。小刻みにテーミスを動かして、後ろを向かせることには成功した。運がよければぼくはあのときと同じようにいらいらして、最後にはもときた場所に戻るだろう。

うっかり自分を吹き飛ばしてしまう前に、ぼくの妻……カーラにメッセージがある。愛してるよ。この二日間じっと座って考えてたのは、守秘義務契約書《NDA》にサインして、なにかのパネルを見にシカゴに出かけてからの自分の人生が、どんなにぶっ飛んだものだったかってことだ。気がついたらぼくは……感謝してた。ローズが信頼してくれたことに。ぼくらがこのばかでかい異星人の産物を見つけたことに。でもいちばん感謝してるのは、あのけんか腰で頑固なイカれたパイロットと出会ったことだ。カーラ、一歩進むたびに嫌みをいうきみがいなければ、なにをとってもそれほど愉快なことにはならなかっただろう。ぼくは脚を押しつぶされ、T－800になり……ぼくたちは空港を吹き飛ばした！　あのときローズを死なせていなければよかったのにとは思うけど、それはまあ、問題なかったとわかったわけだし。なんと、ぼくらは異星人と取っ組み合いをしたんだ！　誰がそんなことをしようと思う？　とにかく、もしこの試みが失敗しても、どうかぼくがなにかを奪われたみたいに思わないでほしい。ぼくはたっぷり生きた。とても楽しんだよ。

いままで一度も、どんなにきみに悪いと思ってるか伝える機会がなかった。自分じゃないなにかにならなくちゃいけないような気分にさせてごめん。きみを……きみの光を翳《かげ》らせてごめん。ぼくが望んでたのは、その光が明るく燃えてくれることだけだったのに。いまのはよかったな。

きみには幸せになってもらいたい。誰か見つけるんだ。もしそいつが能なしじゃなくて……それほどいい男じゃなければ、ぼくは祝福するよ。その男とあまり幸せになりすぎてほしくはないけど……でも……幸せになってくれ。もちろん、そんなやつはいなくてもきみは幸せになれる。ただ……自分がなにをいってるのかわからないけど……ぼくは……ぼくのせいできみに惨めになってほしくない。もしぼくが死んでるなら、死んでるんだ。きみのせいで傷つくことはない。きみにとって必要なことをするんだ。ぼくは天国からきみを見守ってはいないだろう。天国が訛《なま》りのあるうぬぼれ屋のろくでなしを受け入れてくれるか疑問だし、ぼくがどれだけ高いところが苦手か知ってるだろう。

こんなところかな。そうだ！　もう少しで忘れるところだった！　もしきみがテーミスを見つけて、ぼくが死んでたら、きみの操縦席のすぐ後ろの床を掃除したほうがいいかもしれないな。真面目な話、ごしごしよくこすったほうがいい。

よし。さあいくぞ！　押さえて。二。二。離す。いい響きだな。二。実行。だめだ。

押さえて。二。二。離す。二。二。実行……だめだ。

離す。二……これはいまやったところだな。もう一度やろう。押さえ――

アー・バン・カルヴァー！　やったぞ！　ぼくはまた動いたんだ！　あたりはまだ暗いけど、きっとさっきいた場所からそれほど離れてないんだろう。自分がどの方向に移動しているのか見当がつかないけど、ぼくは動いてる！　これはいけるぞ！

カーラ、さっき誰かを見つけろといったのは全部忘れてくれ。そんなやつはくそくらえだ。

ぼくはやるぞ。

押さえて。二。二。離す……

ファイル番号一五三九

警備員ライアン・ミッチェルとの面談

場所：ミシガン州デトロイト市、ミシガン科学センター

——ここでどのくらい働いているのですか、ミスター・ミッチェル？

——一年ほどですが。なぜです？

——仕事を楽しんでいますか？

——自分は……なにがお望みなんです？

——あなたの口調には怒りが感じられますね。わたしたちのあいだには、話しあわねばならない問題が残っているのでしょうか？

――はっ！　からかっておられるんでしょう？

――わたしがふざけていると思っているのですか、それともいまのは修辞疑問だったのでしょうか？

――自分はカーラとヴィンセントを救出したあと、刑務所で四年間過ごしたんですよ！

――そうならないことを期待する理由があったというのですか？　あなたが車でミスター・クーチャーを壁にめりこませた罪の刑期は、四年残っていました。そしてプエルトリコでアリッサと合流するために州外に出たことで仮釈放の条件に違反していましたから、満期まで勤め上げなくてはならなかったのです。

――あなたなら出してくださることができたでしょう。

――アメリカ政府はあなたを反逆罪で告発したがっていました。いまごろあなたは死刑判決を不服として上告するために、弁護士と面会していたかもしれないのですよ。しかしそうはならずに博物館で走る子どもたちを叱《しか》っている。なにに文句があるというのか、わたしにはわかりませんね。

――あなたなら自分を出すことができたはずです！

――わたしたちがそれぞれ違った行動を取ることができたのではないかとあれこれ考えて、時間をむだにするのはやめにしませんか？　この会話があなたの側の道義的な大勝利に終わることはないのは、おたがいにわかっているのですから。

――自分がプエルトリコへいく前にフォートカーソンでなにを話していたか、ご存じですか？

――もう少しでわかりそうな気がするのですが。

――なにもです。自分はなんの話もしませんでした。ローズが二、三度訪ねてきてくれましたが、自分が話をしたのはほぼ彼女だけでした。自分は可能なかぎり房にとどまっていました。一日に二度、中庭に連れ出されましたが、たいていは己の殻に閉じこもっていました。ヴィンセントにしたことを考えるのをやめられなかったんです。自分は――

――それがほんとうにあなたの考えていたことですか？

――……おっしゃるとおりです。自分はずっと失ったもののこと、カーラのことを考えていました。彼女にどう思われているかと想像すると……耐えられませんでした。自分自身を憎みました。長い長いあいだ憎みました。自分は……自分はまた彼女に好きになってほしかった。カーラに埋め合わせができる方法を、彼女に怪物としてではなく、また人間として見てもらうためにできることを、ずっと考えていました。頭のなかで突拍子もないシナリオをひねり出しました。ほら、彼女がテロリストにとらえられて、それを救い出す、みたいなやつですよ。自分自身を苦しめるのをやめて己がやったことにほんとうに向きあうには、一年ほどかかりました。まだ自分を憎んでいましたが、少なくとも空想の世界に住んではいませんでした。もはや問題なのはカーラのことではなかったんです。

――この話に意味はあるのですか？

――ええ、あります。ある日どこからか電話があって、早期釈放になったといわれました。ちょうどこんなふうに。きみはいってかまわない。なにが起こっているのかわからず、ほとんど引きずり出されるようにして出所しました。翌日、プエルトリコへいくようにと電話がありました。そこにはカーラがいました。ヴィンセントがいました。それからほんとうにめちゃくちゃなことになって、アリッサがどれだけ正気をなくしているかに気づいた頃には、自分は彼らをふたりとも傷つけてしまっていました……またしても。自分は……あれは地獄でした。起こっていることが信じられませんでしたが、気を取り直し、そしてやりました。彼らを救ったんです。そう、現実に。空想に耽《ふけ》っていたわけじゃありません。自分は彼らを救ったんですよ！　これですべてが帳消しになると期待していたわけじゃありませんが、それでも……それからあなたに、また刑務所に放りこまれました。四年間。誰も、ローズさえも訪ねてきませんでした。

——どこから指摘すればいいのかわかりませんね。あなたはミスター・クーチャーを殺そうとした。ふたたび彼らの信頼を取り戻す機会を得たのに、アリッサがふたりをとらえて、ミズ・レズニック本人の意思に反した医療処置を行うのに手を貸すことを選んだ。ついにさすがのあなたも我慢できない事態に直面し、一度だけ十分間ほどまともな人間らしい行いをした。もしあなたが勲章を期待していたのなら、ほんとうに申し訳ない。ドクター・フランクリンに関していえば、彼女は死にました。わたしにいわせれば、それは面会にいかないもっともな理由といえるでしょう。

——彼女は戻ってきました。

——ええ。彼女は戻ってきましたが、あなたには一度も会ったことがありません。どうして一度も会ったことのない誰かが刑務所に訪ねてきてくれると思うのですか？

――あの、このやりとりは実に楽しいのですが、休憩時間はもうじき終わりです。あなたがここにこられた真の目的は何なのですか？

――こうしているあいだにも、特殊部隊デルタ作戦分遣隊に所属するチームが、ある救出作戦の準備をしています。あなたには、彼らに同行してもらいたいのです。

――自分がデルタフォースに加わるのは無理です。「腕利き」じゃありませんから。そこに加わるには……そう、デルタフォースでなくてはならないんです。

――あなたにはアドバイザーとして加わってもらうことになるでしょう。

――自分はもう兵士ではないんですよ！　その身分も取り上げられてしまったんです。

――あなたの不名誉除隊のことは知っています。

――きっとそうでしょうね。

——それではこう言い換えましょう。ある救出作戦の準備をしているデルタフォースのチームがあります。あなたには民間のアドバイザーとして、彼らに同行してもらいたいのです。

——ある作戦に派遣されて、もはや己にはできないことを兵士の一団がやるところを見物すれば、過去の出来事に関して自分の罪の意識が軽くなると思っておられるのですか？

——現時点ではあなたの個人的な感情はわたしの主な関心事ではありませんが、あなたが作戦の過程で実際にある程度罪滅ぼしをした気分になるかもしれないとは思っています。

——いったいなにをいっておられるんですか？

——プエルトリコの基地であなたの叛乱《はんらん》がどのように終わったかは覚えていますか？

——アリッサは逃亡。ほかのものたちはみな逮捕されました。

——その叛乱のきっかけになったことは？

――ええ。覚えています。彼女は取り出しているといったんです。カーラの――

――卵子を――

――そう……アリッサは体外受精を試すつもりだといいました。彼女がやろうとしていたのは――

――彼女はミズ・レズニックやミスター・クーチャーと同じく、テーミスを操縦するための特性のようなものを持っている子どもたちをつくろうとしていました。

――彼女は正気じゃない。

――正気であろうとなかろうと、どうやらアリッサは成功していたかもしれないのです……子どもをつくることに。テーミスが彼女に反応するかどうかは、誰も知りませんが。

――女の子なんですか？

――あなたはなぜ笑っているのですか？

――カーラが母親に！　彼女は知ってるんですか？

――いまのところは知りません。

――待って……彼女に話してないんですか？

――ミズ・レズニックによけいな心配をさせる必要はないと――

――あなたは話すとおっしゃいました。そういったじゃないですか！　彼女に話すと約束したでしょう！

――わたしがあなたに約束したのは、時がくれば話すということです。

――あれから十年ですよ！　それ以上だ！　あなたはなにを待っているんです？　孫の誕生ですか？

――わたしは昨日まで、その子どものことを知りませんでした。いまでさえその子が間違いなく存在しているともいないともいえないし、彼女がミズ・レズニックとミスター・クーチャーの子どもだという主張の正当性を確認することもできません。それをはっきりさせることが、今回の作戦の目的なのです。

——なぜデルタフォースを派遣するんですか？　ただドアをノックして尋ねれば——

——ロシア政府がその子どもを回収するためのチームを派遣している、と信じるに足る理由があるのです。彼らがどういうつもりかは知りませんが、そんなに遠くまではるばる出かけているることを考えると、もし計画がうまくいかないと感じれば、どのような証拠も……取り除こうとしかねないでしょう。

——連中がその子を殺すだろうと？

——もしほかに手がなくなれば。彼らの最終目標は代替パイロットのチームをつくり、ひとたび彼らに操縦が可能だというそれなりの自信が持てれば、どのような手を使ってでもテーミスをわがものにすることでしょう。

——なぜです？

――おそらく、もしあの兵器を国連の事前承認なしに、なるべくなら独占的に利用できれば、母なるロシアの要求がより通りやすくなると感じているのでしょう。

――連中はそれをわれわれに対して使いたがっている。

――いまはそのつもりはないと思いますが、抑止力としてだけでも、その選択肢を利用できる状態にしておきたがっているのはたしかでしょうね。もしロンドンでの出来事がなにかを証明したとすれば、誰であれテーミスを所有するものは、二度とふたたび従来型の軍を恐れる必要はないだろうということです。それは実に強力な動機ですよ。

――なぜ自分なんです？　自分になにができると思っておられるんですか？

――あなたがいったように、それはドアをノックするような単純なことになるかもしれません。もし可能なら、わたしは彼女に自ら家を出てほしいのです。

――両親はどうするんですか？　きっと彼女には両親がいるでしょう。

——アメリカ合衆国はその子ひとりにきてほしいと思うでしょうね。

——これは国連《UN》の任務ではないんですか？

——違います。UNもEDCも知らないことです。

——なぜアメリカがこの作戦を？

——ひょっとすると彼らも、もしあの兵器を国連の事前承認なしに利用できれば、自分たちの要求がより通りやすくなると感じているのかもしれませんね。

——そしてあなたは、その子の両親がまったく見ず知らずの相手にあっさり娘を引き渡すだろうと思っている。

——あなたは彼らを説得する必要があるでしょう。

——それで、もし説得できなければ？

——脇へどくんです。デルタに任せなさい。

——脇へ……持ち時間は？

——厳密にはわかりません。何分か。

——デルタはなにをするんですか？

——彼らはやるべきことをやるでしょう。

——それで両親は？

——彼らはこの作戦には含まれていません。その子どもを無事に回収するのが主要目的です。

——デルタはその子を誘拐するんですか？

——ほかにどんな選択肢がありますか？　単純に両親の許可を求めるわけにはいかないのですよ。

——なぜだめなんです？

——そのためには、その女の子をどこへ連れていくのか仄《ほの》めかすことになるでしょうし、アメリカ政府は関与を知られることを望んでいませんから。

——するとあなたがぼくに望んでいるのは、彼らに作り話をすることだと？

——わたしがあなたに望むのは、十分以内に彼らを説得して娘と一緒に出かけるのを認めさせることです。どうやって達成するかは問いません。そうはいってもどこの親も、万一強力な異星人との衝突によって生物学上の両親——本人が存在することも知らない——の片方が命を落とした場合に備えて、自分たちの十歳の娘に巨大な戦闘マシンの操縦訓練を進んで受けさせるとは思えません。もっと説得力のある話をするようおすすめしますよ。

——たとえうまく説得できたとしても、子どもが戻ってこなければ両親はおかしいと気づくでしょう。

——たしかに。両親は当局に連絡するでしょう。いずれ彼らは、娘が人身売買の組織かなにかにさらわれたという結論に達するはずです。あなたはちょっとした変装をしたほうがいいかもしれませんね。帽子をかぶるとか。とにかくあなたのお話は、その子が精神的に傷つくのを避けるのに充分なだけ保《も》てばいいのです。

——それは間違ったことです。

——いかにも。ですが、自動小銃で武装した十人あまりの男たちが家に押し入ってその子をつかまえるよりは望ましい。正しさを追求する余裕は、いまのわれわれにはありません。それは理想的とはいえない状況における不完全な解決法です。近い将来、そうしたことは頻繁に起こるのではないでしょうか。

——自分はやりませんよ。

——いいえ、あなたはやるでしょう。身のまわりの品をかき集めて、空港へ向かってはどうでしょうね。あなたの便は九十分後に出発します。デルタのチームとはフォートブラッグで会うことになるでしょう。

——いますぐいくわけにはいきません。上司になんというんです？

――きっとなにか思いつくでしょう。練習だと考えるんですね。

ファイル番号一五四一
アブソリュート・ラジオ――生放送――の記録
場所：イギリス、ロンドン

――ただいまの曲はジェイソン・バハダのヒット曲「ダウン・ウィズ・ザ・プロテスト」でした。ロンドンの真新しいスタジオから生放送でお送りしています。お聴きの番組はアブソリュート・ラジオの「ナイトシフト」、担当はサラ・ケントです。あなたたち夜更かしさんと一緒に放送を再開できてほんとうに嬉しいわ。いまは……あとちょっとで一時半ね。もうじきプレゼントの時間よ！　今夜みなさんのために用意しているのは？　ああ、これは気に入ってもらえるわね。今度の金曜日、とってもエキサイティングなことが起こる。なんだか知ってるでしょう！　みんなが知ってるのはわかってる。ヒントをあげるわ。それははるかかなたの銀河で起こってる。そう！「スター・ウォーズ」の新作が公開予定になってて、ここにそのチケットが二枚……そうね、十一番目に電話をくれた人にしましょう。番号は〇二〇　七九四六　〇九四六。みんなが必死でダイヤルしてるあいだに音楽を少し。こちらはアブソリュート・ラジオのミューズ。

〔……〕

もしもし、つながってるわよ。

〔こんばんは！〕

お名前は？

〔アンソニー〕

あなたのお仕事は、アンソニー？

〔ブリック・レーンのベーグルショップで働いてるんだ〕

あなたのベーグルショップにおいしいコーヒーは置いてある？

〔ああ、あるよ！〕

いいわね、みんな。この人のいうことを聞いたでしょう。もしあなたがたまたまブリック・レーンの近くにいて、深夜の軽食が必要ならアンソニーに会いにいって。アンソニー、あなたにちょっとした秘密を教えてあげる。この新しいスタジオでわたしがいちばん気に入ってるのは、コーヒーなの。ここにはイギリスでいちばんのエスプレッソマシンがあるんだから。もし曲と曲のあいだにわたしが「うーん」っていうのが聞こえたら、ラテをもう一杯飲んでるところ。さてと、おめでとう、アンソニー！　あなたとお友だちは「スター・ウォーズ」のプレミア上映で、ＢＦＩアイマックスシネマに出かけることになるのよ。

ちょうどあなたにぴったりのすばらしい曲が……いったいなんの騒ぎ？　家にいるあなたたちにはたぶん聞こえないだろうけど、外がかなりの大騒ぎになってるの。車がクラクションを鳴らしてるわ。夜中の一時半だっていうのによ！

〔サラ、ここから出るんだ〕

そして今度はお客さんがきたわ！　オンエア中っていう大きな赤いサインを見なかったの？

〔窓の外を見てみろ。いますぐここを出なくちゃ〕

外でなにか起こってるみたい。たぶんべろんべろんに酔っ払ったアーセナルファンが、屈辱的敗北で頭にきてるんでしょう。まあその話はやめておきましょう。いまやみんなが興味津々なのはわかってるから、窓の外を見て……ああ、そんな！

〔……〕

くそっ！

〔ドアが閉まる〕

ファイル番号一五四三
EDC科学室長、ローズ・フランクリン博士との面談
場所：ニューヨーク州ニューヨーク市、EDC本部

——彼らが戻ってきました。

——テーミスが戻ったのですか？

——いいえ。異星人が戻ってきたんです。見てください。

——現れてからどのくらい？

——二十分です。

——場所は？

――ロンドン。

――ロンドン？　なぜ彼らは二度も同じ都市を選んだのでしょうね。

――彼らは前回とまったく同じ地点に降り立ちました。わたしが数値を読み間違っているのでなければ、一年前に現れた場所から三メートル以内のところにいます。

――このロボットは、前回のものとは見た目が――

――ええ。あれは大量生産されたものではありませんね。それぞれに……個性があるようです。まず、今度のはオレンジ色に輝いています。ここに去年の画像があります。胸の装甲を見てください。こちらのほうがずっと滑らかです。彫刻も少ない。ヘルメットは額の部分がわずかに違っています。顔を見てください。一年前のものには鋭さがあり、ほんとうにいかめしい顔つきでした。こちらはもっと若くて、少し中性的に見えます。にっこり笑っているといってもいいような顔つきです。わたしたちはこのロボットをヒュペリオンと呼んでいます。

――ひょっとすると彼らは前回の出会いが暴力沙汰で終わったので、より威嚇的でないものを送って寄こしたのかもしれませんね。

——わたしはそうは思いません。その高さは約七十二メートル——前回のものより三十センチほど高い——ありますし、前のロボットが残したなにもない空き地の真ん中に立っているんです。威嚇的でないところなどありません。

——これはライブ映像ですか？

——ええ。なぜです？

——この小さな白い光はなんだろうと思っているのですよ。

——ええ、あたり一面に見えますね。わたしも同じことを考えていました。五分前にはこんなにたくさんなかったのに。

——拡大できますか？

——いいえ、これはわたしたちの衛星の映像ではないんです。

——テレビをつけてみるべきでしょうね。マスコミがとっくに到着しているでしょうから。

——ロンドンは真夜中ですよ。

——人々はきっとその存在に気づいているはずです。あの町のなかで、照明が煌々《こうこう》と輝いているわけではない場所のひとつに立っているのですから。灯台のように何キロも離れたところから見えるにちがいありません。

——ありました。ＣＮＮです。地上から見るとはるかに印象的ですね。

——まわりにはなんの光も見えませんね。

——これはきっと携帯で撮られたものでしょう。別のチャンネルを試してみます。きっとどこかに少しはちゃんとした映像が——

——止めて。ありました。

——な……これは人間です！　ロウソクを持った人たちです。千人はいるでしょう。なんて——

——感動的な。

——わたしは愚かな、というつもりだったんですが。

——前回異星人がロンドンに現れたとき、わたしたちは彼らを迎えるのに軍隊を派遣しました。

——わたしたちは彼らを攻撃するために軍隊を送ったのではありません。

——理由はどうあれ、軍が関与すれば最後にどうなるかはみんなわかっています。あの人たちはロウソクとピースサインを試そうとしています。もっとも基本的な本能に従って逃げ出すかわりに、異星の種と和解しようとしているのです。わたしはきわめて勇敢なことだと思いますよ。

——彼らの勇気は疑いませんが、わたしたちがあなたのいう本能を持っているのには、それなりの理由があるんです。こんなのは破れかぶれです。むだですよ。この人たちは死ぬでしょう。

――たしかにこれは藁《わら》をもつかむ行為ですが、うまくいく可能性はあります。ひょっとすると向こうは、われわれに前回の遭遇で示したよりも有能なところを見せてほしいだけかもしれませんよ。

――本気であんなやり方が通用すると思っておられるんですか？

――この自発的な努力の結果について楽観的すぎるわけではありませんが……わたしが間違っている可能性はあります。彼らをよく見てごらんなさい。なかにはまだパジャマ姿の人たちもいます。彼らはわれわれが戦争を望んでいないことを異星の種に示すために、わが家から飛び出してきたのです。

――見ています。パジャマには気づきませんでした。それよりわたしが注目したのは、子どもを連れた人たちが大勢いるという事実です。ほら。赤ん坊がいます。この子は勇敢なのではなく、愚かで無責任な両親を持っているだけです。すみません。わたしには感動的だとは思えません。

――正直なところ、わたしはあなたの反応に驚いています。ほかの誰よりも彼らの仲間に加わりたがるだろうと考えていたのですよ。

――わたしが自暴自棄になっているから、それとも正気をなくしかけているからですか？いずれにせよ、もしあなたがわたしのことをそんなふうに思っているなら、これはひどいアイディアだとわかるはずです。

――あいにくわたしにはいまのところ、よりよい方策は見出せません。

――わたしたちはテーミスを送ることができます。前に一度うまくいきました。

――テーミスはありません。彼女が破壊されてしまったのか、あるいはこの惑星上にいるのかさえわからないのです。ですからいまのところそれほど躍起にならなくても、彼女を派遣するという選択肢はないことをあなたに納得させるのは可能なはずです。そのうえで考えれば、衝突を完全に回避しようとするほうが賢いやり方なのではありませんか？

――前回のことがあったあとでそれが可能なのか、自信がありません。

——だめかもしれませんが、やってみなくては。もしあの無責任な人たちでなければ、和解のために誰を送ったほうがいいと思いますか？　わたしは軍隊がその選択肢だとは思いません。

——軍はだめです。

——それでは誰を？　現時点ではロウソクを手にしたあの無分別な人々が、おそらくわれわれにとって平和的な解決のための最大の希望でしょう。テーミスが見つかるまではそれが唯一の希望である、とわたしは信じています。わたしもあの幼いものたちのことは心配ですが、子どもを連れていることがわれわれのメッセージを……明確にする役に立つ、といえなくもありません。

——おっしゃりたいことはわかります。

——ありがとう。

——お礼はよしてください！　わたしはまだ反対です。あんなのはろくな死に方ではありません。無意味です。わたしにもっとましな案がないだけなんです。いずれにせよ、わたしがどう思おうと現時点ではたいして重要ではありませんが。あの人たちは現にあそこに、わが子と一緒にいるんですから。ロウソクが役に立つとは思いませんが、彼らを退避させるために軍を派遣することはできそうにありません。こんなことをいってもどうしようもないでしょうが、わたしはあれがうまくいくことを心から願います。

――それは同感ですが、あなたにはもしあのロボットがあそこにいる家族たちを消し去った場合、次に起こる事態への備えに力を貸していただくよう強く求めます。

――わたしがやろうとしていないと思うのですか？

――わたしは――

――真剣に。自分が生きているべきだとは思いませんが、わたしが打開策を見つけたがっているとは思われないのですか？　人々を救いたがっているとは思われないと？　カーラ、ヴィンセント、あなた、みんなを。わたしはやろうとしています。ほんとうに必死で努力しています。

――わたしは――

——どうすればいいかわからないんです！　わたしはただ……わたしにはこの事態をどう解決すればいいのかわかりません。そんなに賢くないんです。

——さっきいいかけていたことを最後までいわせていただけるなら、わたしはあなたの助けたいという気持ちに疑念を抱いたことは一度もありません。そしてそれ以上に、あなたには必ずできると確信しています。たとえあなたがその確信を共有していなくても。

——なぜです？　どうしてあなたは、わたしになにかできると思われるのですか？

——あなたがいなければ、われわれがブラックヒルズで巨大な手を発見することはなかったでしょう。残りのパーツを見つけるためにアルゴン化合物をつくることを思いつかなかったでしょう。ついでにいえば、もしあなたが全身丸ごと見つかるはずだとあれほどかたく信じていなければ、われわれが残りのパーツを探すことはけっしてなかったかもしれません。あなたがいなければ、一年前にわれわれの手元にテーミスはなかったでしょう。あのロボットを倒したとき、おそらく彼女は何百万人という人間を助けたのです。

——それはわたしじゃありません。それはすべて——

――まだあります。あなたはわたしの知るかぎり、死を欺いた唯一の人間です。今日あなたが確実にわれわれとともにいるために、労をいとわなかった人々もいます。正直なところ彼らのことはそれほど知りませんが、そのわずかな知識からでも、彼らがもっともな理由もなくまったく見知らぬ人間をよみがえらせるために時間やエネルギーをむだにするようなものたちでないことはわかります。

――あなたの言い方だと、わたしは救世主かなにかのようですね。いっておきますが、違いますよ。

――わたしはあなたが予言の一部だとは信じていません。あなたにはまだ明らかになっていない伝説的な力があるとは信じていません。あなたをよみがえらせた人々は、そういったたぐいのことは信じてさえいないだろうと思っています。あなたが「選ばれたる者」でないことにはかなり確信がありますが、その一方であなたが選ばれたのは間違いないと思っています。彼らがとても現実的な理由から、あなたという人間を選んだのだと信じています。そしてわたしの知るかぎりでは、人類がもっとも助けを必要としているときにたまたまそれに最適な立場にいるのは、才気あふれる科学者なのです。

――もし彼らが間違っていたら?

――だとしてもこれ以上事態が悪くなることはありませんし、わたしはいましばらくあなたとご一緒させていただくことになるでしょう。

――あなたは以前、その人たちに、わたしにこんなことをした人たちに会わせてくれるとおっしゃいましたね。

――彼らのひとりに会うことができるといったのです。わたしが知っているのはひとりだけです。約束どおり面会の手配はしますが、わたしにはまず対処しなくてはならないことが二、三あります。テーミスの捜索はいくらかでも進んでいるのでしょうか?

――いいえ。わたしたちに知られずに彼女を物理的に移動させることは誰にもできないのは、事実としてわかっています。だとすれば残る選択肢はふたつ。ほかの誰かがわたしたちにはない科学技術を用いて彼女を転送したか、彼女が自らを転送したかです。

――彼女がいそうな場所は?

――もし地球上にいるならきっと地下か、ひょっとすると水中かもしれません。もしテーミスが地上にいるなら、わたしたちにはわかるはずです。もしヴィンセントが身動きが取れなくなって戻ってこられないのなら、彼が自力で解決策を考え出すよう祈る以外にできることがあるかどうか。もし彼らが無事に戻ってくればの話ですが、わたしは異星人のロボットの防御に弱点を見つけたかもしれません。

――どのような種類の弱点ですか？

――これを見てください……昨年、リージェンツ・パークで撮られた映像です。雨やなにかが当たったときしかシールドは見えませんが、ほら……ここを……足を拡大すると。これ以上寄るのは無理です。

――わたしにはなにも見えませんが。

――わたしがいいたいのはそこです。あのロボットのシールドは、本体から三十センチほど外に広がっています。だとすれば地面には、足のまわりや下に穴があるはずです。でもなにもありません。草は足のすぐ際《きわ》までのびたままです。

――アキレスのかかとですか。

――ええ。シールドは完全に地面までは届いていないということです。それがどういう形で役に立つかはよくわかりませんが、いまのところわたしが持っているのはそれですべてです。

――作業を続けてください、ドクター・フランクリン。あまり時間がないかもしれません。

――やろうとはしていますが、わたしには自分がなにを探しているのかさえわからないんです。

――もしミスター・クーチャーがここにいれば、架空の人物が口にしたぴったりの言葉を引用するでしょうね。わたしは彼のように熱心なＳＦファンではありませんから、単純にこういいましょう。「やろうとしている」というのは、成功する力があるという自信に欠けている、ということでしょう。テーミスを見つけるのです。

――どういうことですか？　意味がわかりません。ヴィンセントならなんといったというんです？

——テーミスを見つけて、彼に尋ねればいい。

——あなたはどこへ？

——さようなら、ドクター・フランクリン。

ファイル番号一五四四

特別共同作戦司令部《JSOC》指揮官、アラン・A・シムズ中将との面談

場所：ノースカロライナ州フォートブラッグ

――大統領がこの作戦は最重要事項だとおっしゃったとき、いっさい迷いはなかったものと、わたしは信じています。知っているのです。なぜなら、そのときあのかたの隣に立っていたのですから。

――そのとおり。八時間前、あのかたにいっさい迷いはなかった。三時間前でも間違いなく同じだっただろう。だが二時間と五十五分、いや、五十六分前に、巨大な異星人のロボットがふたたびロンドンに現れた。前回ああいうものが一体現れたときには、十万人を超える人々が殺された。だからわたしが、少し前に「最重要」だった物事の優先順位がいまはやや下がったといっても、理解してもらえるだろう。

　さて、わたしは合衆国陸軍中将であり、それはわたしの住む世界ではかなりの大物であるという意味だが、おそらくきみはわたしがなにをいおうと屁とも思わんだろうから、さあかまわ

んよ。きみが大統領執務室の短縮ダイヤルを知っていることは承知している。わたしは待っていよう。

——大統領に電話をする必要はありません。もしあなたは気が進まないとしても、ほかにやってくれる人たちを知っていますから。

——いいや、いまは無理だな。ＣＩＡ特殊活動部隊の変人たちなら引き受けるくらいイカれているかもしれんが、たちまちごくわずかな人員も調達できないと知るだろう。シールズも、海兵隊も、特殊部隊も、ＩＳＡも、特殊戦術中隊《STS》も。みな外出禁止になっている。もしあそこへ飛んでいきたければつかまえられる唯一のデルタはデルタ航空になるが、きみひとりでやらねばならんだろうな。

——デルタチームはいまどこに？

——ここにいる。彼らが出動することはけっしてない。きみの攻撃部隊はあれが起こったとき、まだ準備の最中だった。わたしが直接、中止を指示したのだ。この件がはっきりするまでは、われわれはあらゆる作戦を凍結している。

――わたしが派遣した民間人はどうなりましたか？

――あの男なら、もときた場所に送り返したよ。彼は腹を立てて、もしきみがやらないなら自分でなんとかすると伝えてくれ、といっていた。では、この辺で失礼するよ。何人かのとても不幸な人たちをシリアから連れ出さねばならないのでね。

――わたしは引き下がるわけにはいきません。彼らがいま出発して作戦を完了することは必要不可欠です。彼らは二十四時間以内にあなたのもとに戻ってきます。

――好きなだけ主張すればいい。わたしが理解しているところでは彼らの任務は、成長すればＥＤＣのロボットを操縦できるかもしれないしできないかもしれない、ひとりの子どもを回収することだとか。なにか抜けていることはあるかね？

――作戦の目的をいささか単純にまとめすぎているきらいはありますが、概《おおむ》ね正確です。

――だったら承知できんな。大統領はアメリカ人のパイロットのチームをひとつ抱えていればこの国にとって戦略的に優位になるだろうと思い、この作戦に同意されたのだ。しかし状況は変わった。もしわれわれが異星人の一種族と地球規模の衝突の瀬戸際にあるなら、十年後にロボットを手に入れることなど考えるのもむだだ。われわれは計画に従い、ＥＤＣとともに持てるかぎりのリソースを投入する。こちらでどうしても必要になるかもしれないデルタチームをむだに派遣するつもりも、数時間後にはテーミスの出動を懇願しているかもしれないというときに、国連のほかの加盟国すべてを怒らせる危険を冒すつもりもない。きみの子取り鬼計画は中止だ。

——この任務はＥＤＣにとっても重要なものなのです。

——そうなのかね？　それならどうして彼らを通して要請しなかったのだ？　もしＥＤＣが要請していれば、きみは自分のチームを手にしていただろうに。そうとも、きみは一小隊を手に入れていただろう！

——あなたはこの任務に同意されたのですか？

——きみはわたしの質問に答えていないな。

——それはまた別の機会に。

──食えない男だ。ああ、そうとも。十二時間前、わたしは同意した。そのときは戦略的に有意義だったから同意したのだ。平時においては。相手側もそうしているのがわかっているから、われわれは平時にはいかさまをし、嘘をつく。今回は戦争になるかもしれないし、戦争中に同盟相手をペテンにかけようとはしないものだ。きみをのぞけばな。

──なにをおっしゃりたいのでしょう?

──もしわたしの思い違いでなければ、ＥＤＣを立ち上げたのはきみだ。

──その表現は誇張になるでしょうが、創設においては役割を果たしました。

──それならなぜ、いまきみは彼らからパイロットをだまし取ろうとしているんだね?

──わたしはこの国に力を貸そうとしているのです。

──惜しかったな。パイロットをひとり抱えていればわれわれにはＥＤＣに対する影響力ができるだろうが、主導権を握るには不充分だ。きみが彼らになにを隠しているのかは知らんが、いつかきみの秘密は明るみに出て、われわれはパンツを下ろしたところをつかまるはめになるだろう。この件について考えれば考えるほど、わたしは自分たちがもてあそばれている気がするのだよ。

——想像力の豊かなかただ。

——きっとそうなのだろう。さあ、これがきみへの答えだ。われわれがいくことはない。もしロシア人たちがいま彼女をとらえにいくほど愚かなら、やらせておきたまえ。パイロットがひとりだけでは彼らにはなにもできんだろう。いずれこの件は整理して……ちょっと失礼。

……

——何事ですか？

——別の巨大ロボットが、たったいまスカタリー島に現れたのだ。

——わたしにはなじみのない名前ですが。

——ノバスコシア州ケープ・ブレトン島の近くの自然保護区だ。

――それは攻撃しているのですか?

――島に攻撃するものはなにもない。それにそのロボットは、われわれの……いや、きみたちのものだ。テーミスがカナダでなにをしているのか、わたしに話してみてはどうかね?

――わたしはいかなくては。

――まあ無理だろうな。きみと話ができてよかった。いつでもまたきて……

ファイル番号一五四七
EDC司令官、ユージーン・ゴヴェンダー准将との面談
場所：ニューヨーク州ニューヨーク市、EDC本部

——どこもかしこもいまいましいロボットだらけだ！

——二体目はわれわれのものだと思っていたのですが。

——ああ、テーミスは戻ってきた。実際にはここに戻ってくる途中だ。ヴィンセントが、どういう意味だかわからんが、彼女を……「転送」すると言い張ってね。彼は大丈夫だ。一時間かそこらでこちらに到着するはずだといっていた。

——彼はどこにいたかいっていましたか？

——海のなかだ。

——どこのです？

——彼がいったのはそれだけだ。もっと詳しく話せればいいんだがな。しゃべっている時間がたっぷりあったとはいえないのでね。ロボットが十分ごとに出現しているんだ。

——まだほかにも？

——そうとも。十一体だ！　聞いてないのか？　こいつはまさしく侵略だ！　われわれはティターンの名前を使い果たし、最後の一体には名前をつけられなかったよ。

——彼らはどこに？

——ロンドンにいるやつのことはもう知ってるな。次の一体は東京の新宿駅に、午前四時頃現れた。五分ほどあとに、一体がジャカルタにひょいと現れた。インドには二体——デリーとコルカタに一体ずつだ。

——すべて同時にですか？

――すべてがこの一時間のうちに現れた。連中はよく組織されているよ。カイロに現れた一体は、ナイル川の真ん中で足湯をしている。十月六日橋から三十メートルほどのところだ。その橋の名前の由来は知ってるな？

――第四次中東戦争がはじまった日ですね。

――ああ。じきにその名前をつけなおすもっともな理由ができるだろう。モスクワにも一体現れた。

――ロンドンとモスクワ。安全保障理事会は紛糾するでしょうね。

――ああ、そうだろうな。フランスにも現れているんだ。この写真を見てみろ。シャルル・ド・ゴール広場のど真ん中、凱旋門《がいせんもん》の正面にいる。誰だか知らないがこいつを操縦しているやつは、美的センスと劇的効果をもたらす大変な才能の持ち主だな。

――われわれの近くには現れているのですか？

――まだだ。いちばん近いのはメキシコシティにいる。サンパウロにもう一体。メキシコのやつは、開けた場所を探しもしなかった。小さな美術館の真上に現れて、あっさり押しつぶしてしまったよ。ひょっとするとパイロットの腕が悪かっただけかもしれんが。通りを挟んだ向かいには、かなり広い都市公園があったんだ。

――腕のいいパイロットを見つけるのは実に難しいものです。あなたが挙げられたのはロンドン、東京、ジャカルタ、デリー、カイロ、モスクワ――

――コルカタを忘れてるぞ。

――ありがとうございます。パリ、メキシコシティ、サンパウロ。これで十体です。あなたは十一体とおっしゃいましたね。

――ヨハネスブルクだ。

――……

――わかっている……

――ご家族が危険な目に？

――彼らが住んでいるのは、そいつが現れた場所から数キロのところだ。いま町を出ようとしているよ。たったいま妹と話した。道路はまだ通行可能らしい。いつまで続くかはわからんがね。わたしの元部下が何人か一緒だ。事態はひどいことになっている。現時点ではデリーとコルカタが最悪だ。道路は五分ほどで使えなくなった。人々は徒歩で離れることを余儀なくされている。わたしなら東京にもいたくないね。

――われわれにできることは――

――われわれになにができるというんだ？　ヨハネスブルクを救う？　いつからアフリカは誰かの優先順位のリストに載ったんだね？　気持ちはありがたいが、そんなことにならないのはわかっているだろう。

――おそらくそうでしょう。残念です。

――連中が降り立つことにした場所について、なにか気づいたことはあるかね？

——惑星上の特に人口の多い都市のいくつかに現れたようですね。

——たしかにそうだ。それで、そこからなにがわかる？

——彼らは資源の最適化をとてもよく理解しています。根絶作業のコストは、一般的にいって人口密度に反比例しますから。

——それはいい表現だな。ネズミをより安く退治するには、全部一カ所に……

——われわれをひとりずつ殺すよりも時間はかからないでしょう。もし彼らがそのつもりなら、おそらくひと握りのロボットでごく短時間に、全人類の四分の一を殲滅《せんめつ》できるはずです。いったんすべての主要都市が破壊されれば、政府はおろかサプライチェーンもだめになってしまう。生き残った人口のかなりの部分は、何カ月かのうちに病気か飢えで命を落とすでしょう。そうなれば抵抗はまったくといっていいほど起こらないはずです。二十二人のパイロットでそれだけのことができるとは、感心しなくてはなりませんね。

〔お邪魔して申し訳ありません、准将。ですがこれをお読みになりたいだろうと思いまして〕

――ありがとう、ジェイミー……二十四人にしてくれ。

――もう一体が？　どこです？

――北京だ。

――まだ別の説明がつくかもしれませんね。彼らはわれわれを攻撃していません。

――いまのところはな。

――われわれを怖がらせて降伏に追いこむための戦略だというのは、充分あり得る話です。

――それならうまくいっている。

――もしその選択肢が与えられたら、あなたは降伏なさいますか？

――きみはしないんだろう？　われわれが降伏しようとしまいと向こうにとってはどうでも

いいことだと思うから、わたしは戦うだろう。だが知ってのとおり、テーミスはやつらすべてと戦うことはできん。くそっ、現時点ではやつらのどれとも戦うことはできんのだ。

――テーミスは無傷で回収されたと思ったのですが。

――ああ、テーミスは問題ない。だが十二体を相手にするのは無理だ。

――やってみることはできます。

――パイロットがひとり欠けた状態では、どこへもいけないだろう。

――ミスター・クーチャーはこちらへ向かっているところだとおっしゃってから、五分もたっていませんが。

――ああ、ヴィンセントは元気だよ。いないのはカーラだ。

――ミズ・レズニックが？　昨日はここにいましたが。

――昨日はな。そしていまはいない。彼女がいそうな場所に心当たりはないか？

――ついさっきまで彼女がいないことをまったく知らなかったのですよ。どうしてわたしが居場所を知っていると？

――カーラはきみ宛のメモをわたしの机に残していった。それにはこうあった。「いつ戻ってこられるかわかりません。これを彼に渡してください」彼というのは、きみのことだろう。

――見せていただけますか？

――なんと書いてあるかはわたしがいえる。暗記したからな。

――開けたのですか？

――もちろん開けたとも！　世界が終わろうとしてるんだぞ。パイロットがひとり姿を消したんだ。貴様のプライバシーなど知ったことか！　なんと書いてあるか知りたいのか、知りたくないのか？

——お願いします。

——「くたばれ！」

——……

——そう書いてあったんだよ！

——ほかにはなにか？

——なにも。「くたばれ」とだけ。そして感嘆符がひとつ。きみは話すつもりがあるのか、それともわたしが尋ねなくてはならんのかね？

——尋ねるとはなにを？

——貴様はいったいなにをしでかしたんだ、この陰険野郎め？

ファイル番号一五五〇
ライアン・ミッチェルから、ＥＤＣカーラ・レズニック大尉に宛てた電子メール

親愛なるカーラ

たぶんぼくは、いまきみがいちばん連絡をほしがっていない人間だってことはわかってるし、酔った勢いでメールするのはおそらく関係を修復するのに最善のやり方とはいえないだろう。本物の手紙を送りたいところだけど、そうしている時間はない。きみとヴィンセントはまた戦いに派遣されるだろうし、出発する前にきみが知っておくべきことがあると思うんだ。飲んでいるかといえば、そう、ぼくはすでに酔っ払ってる。まず少し酔いを覚ましたかったんだが、さっきもいったようにそれだけの時間はない。

きみにはプエルトリコに子どもがいる。娘だ。十歳か十一歳くらいだろう。住所はサンファンのコンセプシオン五五九。きみが意識をなくしているあいだにアリッサがきみの卵子（たしか彼らはそう呼んでいたと思う）をいくつか取り出して、逃亡したときにプエルトリコで何人かの女性のなかにそれを入れたんだ。精子はヴィンセントのを使ったから、彼も父親だってこ

とだ。

アリッサにそんなことができたのは、ぼくがきみの意識を失わせる手伝いをしたからだと思うとひどい気分だけど、兄弟の墓に誓って、ぼくは彼女がなにを企んでいるのかまったく知らなかったんだ。ちょっとしたテストをしたいだけだと思ってた。彼女が赤ん坊をつくろうとしていると気づいたとき、ぼくはきみとヴィンセントをできるかぎり早くあそこから連れ出した。アリッサが別の女性にきみの赤ん坊を妊娠させようとしているとは知らなかったんだ。試したいとはいってたけど、止められたと思ってた。ぼくは止めたんだって。彼女がほんとうにやってたとは、今日まで知らなかった。

これがきみに話したかったことだ。ぼくは今日、デルタフォースと一緒にサンファンへ向かってその子をここに連れ戻すことになっていたんだが、作戦は取りやめになった。ロシア人たちもその子をとらえるために向かっているかもしれない。今夜のことがあったあとでもまだ彼らが向かっているのかは、ぼくにはわからない。もし向かっているなら、きみの娘は危険にさらされているかもしれない。ぼくの仕事は彼女の家の扉をノックして、一緒にくるよう説得することだった。そうすればデルタは力ずくで連れてこなくてすむ。もし誰かがその女の子の家の扉をノックするなら、それは彼女の知らないぼくや、どこかのロシア人ではなく、きみであるべきだと思う。もちろん彼女はきみのことも知らないし、両親もいる。でもきみは母親なんだから、彼女はぼくではなくきみに会うべきだ。

ぼくは頭のなかで全部計画してたんだ。すごいストーリーを考えたんだよ。その子とぼくは一緒に家を出て、ぼくらは飛行機でおたがいの話をするんだ。彼女にきみを紹介できるようにね。きみと会ったときにはもう誰だかわかっていたほうがいいと思ったんだ。彼女が自分の子どもだと知って、きみが笑顔になるのを見たかったよ。いやどうかな。もしかしたらきみは、すぐには笑顔を見せなかったかもしれない。そう簡単にはいかないだろう。だけどぼくはその場にいたかった。

きみはすばらしい母親になると思うよ。まあ、もう母親なわけだけど、その子とうまくやっていけると思う。きみはときどき少し荒っぽいところがあるし、いつもうまく変化に対応できるわけじゃないから、打ち解けるには少し時間がかかるかもしれないけど、大丈夫。彼女のほうだって、もしこっちにくれば自分がこれまで知っていた唯一の両親を失うことになるんだから、時間が必要だろう。それでもふたりとも新しい暮らしになじめば、うまくやっていけると思うよ。

きみがなにをいおうとしてるかはわかってる。たしかにぼくは話しておくべきだったけど、その子のことは知らなかったんだ。ぼくが知ってたのは卵子のことだけだ。アリッサが逃げたとき、ぼくらの名無しの友人は、彼女がつかまるまできみに話すのは待ちたいといった。きみにはそれを知る権利があるとぼくはいったけど、彼がそう言い張ったんだから、それはぼくのせいじゃない。ぼくだったらきみに話していただろう。いまになってみれば、ぼくがそうしなかったのはおそらくいいことだったんだろうな。きみはこれまでずっと、なんの心配もせずにやってこられたんだから。誰かがどこかの研究室で自分の赤ん坊をつくっているんじゃないかと思いながら過ごすには、十年は長い時間だよ。

ぼくはきみに、自分が悪い人間じゃないってことを知ってもらいたいんだ。たとえきみはそうだと思っていても。ぼくはひとつ間違いを犯した。実際にはいくつかの間違いを。ぼくがヴィンセントにしたのは恐ろしいことだった。でもそのあとのことは全部、力を貸そうとしてやったんだ。あのあとぼくは彼を救った。そのことにはなにか価値があるはずだ。ぼくはきみのことも救った。親友でいようといってるんじゃないけど、ひょっとしたらそうなれるかもしれない。


一緒に訓練していたとき、ぼくはきみのことしか考えられなかった。きみに心を開いてほしかった。きみがそうしてくれなかったとき、ぼくは自分に問題があるみたいに、自分がきみにはふさわしくないみたいに感じた。いまならわかるけど、あれはぼくとは関係なくて、きみに準備ができていなかっただけだったんだ。あのときそれがわかっていればと思うよ。もしわかっていれば、けっしてヴィンセントを傷つけることはなかったはずだ。あんなに強引なことをして、きみを彼の腕のなかに駆けこませることはなかっただろう。いまはそれがわかる。きみと一緒になるには、特にきみとヴィンセントに子どもがいるいまとなっては、もう手遅れなのはわかってるけど、ぼくらはうまくやっていけると思うんだ。たとえ友だちとしてでも。

親になるというのは大変なことだし、いま起こってるあらゆることのせいで、きみはほんとうに忙しくなるだろう。おそらく手に入る助けはすべて借りたいはずだ。もしなにか必要なことがあればぼくがここにいると、きみに知ってほしい。きみの娘はもう赤ん坊じゃないから、子守役を引き受けるとはいわないけど、彼女にとって兄のような存在にはなれるだろう。きみが泣きたいときには肩を貸してあげられる。いいかい、ぼくはただきみの助けになりたいんだ。

とにかく、これがきみに伝えたかったことだ。もういったと思うけど。ぼくはきみがふたたび戦いに送り出される前に知ってほしかった。だってきみはそこで死んでしまうかもしれないから。きみにその覚悟があるのはわかってるけど、その前に自分の娘に会いたいかもしれないと思ったんだ。

話はこれだけだ。きみの幸運を祈ってるし、ことの成り行きを知らせてくれるよう願ってるよ。

きみの友だち
ライアン

第三部　血を分けた子

ファイル番号一五五四
地球防衛隊《EDC》顧問、ヴィンセント・クーチャーとの面談
場所：ニューヨーク州ニューヨーク市、ＥＤＣ本部

——カーラはどこですか？

——彼女の居所についてはすぐに話しあいましょう。今日は話さなくてはならないことがたくさんあるのですよ、ミスター・クーチャー。まず、あなたとテーミスがどうしてカナダにたどり着いたのかを聞かせてもらいたいですね。

——それは、なにも見えない状態で動きまわるのは難しいですからね。ぼくはテーミスに真後ろを向かせたつもりだったんですが、三十度ほどずれてたんですよ。そういうわけでカナダにたどり着いたんです。全体としては、ぼくはうまくやったと思いますよ。

――いまの質問は非難のつもりではなく、単純にその目的地をあなたが選んだのかどうかに興味があったのですよ。

――ぼくは自分がどこにいるのかも、どこへ向かっているのかもさっぱりわかりませんでした。テーミスが水から出て外が見えるようになるまで、前進を続けたんです。携帯の電源を入れてグーグルマップを見るまで、あの島がどこなのかも知りませんでした。そこからはニューヨークまでずっと、浅瀬を離れないようにしました。おかげであのシステムがほんとうのところどう働くのかをつかむための時間が、少し取れましたよ。

――ドクター・フランクリンの話では、きみたちはテーミスが自らを転送できる可能性について話していたそうですね。彼女の口ぶりでは、なにか利用可能なものを発見できる望みは薄いようでしたが。あなたがこの基地に無事に戻ってきたことは、その不利な確率を覆したしると受け取るべきなのでしょうか？

――そのとおり。あれはぼくが考えていたよりも、ずっとすばらしいものでしたよ。海の底でふたたびテーミスを動かすのに成功したとき、ぼくはこれが複数の座標を用いたシステムだと確信しました。ぼくらにとっては悪夢になり得るものです。でもふたを開けてみたら、考えていたよりもはるかに使いやすいものでした。それは……ほぼオートフォーカスみたいなものなんです。テーミスをいきたい方向に向けて、何単位前進したいかを打ちこみます。戸惑ったのは、あらかじめその単位を定義するところからはじめる点でした。移動できる最短距離は、だいたい十五から十八メートル。テーミスにとってはとても短い一歩です。だから短い距離を進むときはそれを一単位として、その何倍前進したいかを入力するんです。制御盤には最大で三桁入力できますから、入力できるいちばん大きな数字は777となります。八進法で。十進法でいうと五百十一となります。

——もしわたしの理解が正確なら、テーミスが自らを転送できるいちばん長い距離は十五メートルの五百十一倍で、およそ七千六百メートルですね。

——七千六百六十五メートル。およそ七・七キロメートルです。一度のジャンプでもっと遠くまでいきたい場合は単位を大きくできます。この場合も三桁の数字を使うことができます。

——するとわれわれが移動できる最大の距離は、十五メートルの五百十一倍の……

——五百十一倍。およそ四千キロメートルです。また海中か砂漠の真ん中にたどり着きたくなければ、それだけの距離をジャンプすることはおすすめしませんね。いきたい場所が見えていれば、使うのは簡単です。より遠くへジャンプするためには、地図かなにかが必要になるでしょう。ぼくは下の階の連中と話をすることになってるんです。彼らがぼくらに使えるものをプログラムするのに、長くはかからないはずです。

――それは安全に利用できるのですか？

――ぼくたちにとっては、そうです。ほんとうにすべての仕事をこなしてくれるんです。進むべき距離を伝えてやれば、そこへ連れていってくれるでしょう。目的地にいる誰かにとっては、それほど安全じゃありませんが。人々、車、建物、そう、重さを支えられないものはなんでも、押しつぶされてしまいます。慎重になる必要はありますが、彼女を分解して船に積みこむよりはとてつもなく早いでしょう。それにぼくが海で過ごす一週間を恋しく思うだろうともいえませんしね。カーラが喜ぶのはわかってます。彼女はどこですか？

――きみの奥さんのことはじきに話しあいましょう。ゴヴェンダー准将《じゅんしょう》から現状を聞いていますか？

――異星人たちがロンドンに戻ってきたと聞きました。まずいですね。

——それですべてならよかったのですが。それからさらに何体かのロボットが、四つの大陸の人口密集地域に現れています。最後の一体は九分前にリオデジャネイロに姿を現しました。いまでは地球上に、異星人が操る十三体のロボットが存在しています。どれも、大きさや形はきみたちが一年前に戦ったものと似通っています。

——准将の話では、ロンドンの一体はまだ動いていないということでしたが。

——その点はまだ変わりありません。どれもじっとしています。しかし前回遭遇したときのことを考えると、攻撃の可能性は無視できません。彼らが降り立った場所は人口密集地域ですから、同時攻撃を仕掛けられればきわめて致命的な結果になるでしょう。

——いちおういっておきますが、もし連中がみんなを蒸発させはじめたら、ぼくはいきますよ。カーラもそうするでしょう。でもぼくたちがやつらを全部やっつけるのは無理だということは、わかっていただかないと。

——あなたがたはわれわれの唯一の希望かもしれません。

——それは希望とはいえませんよ。自分たちを過小評価しているわけではなく、ただの単純な数学の問題です。もう一度、ひょっとすると二度、幸運に恵まれるかもしれませんが、連続で十三回は無理です。勝ち目は五分五分に近いところまでもいかないと思いますが、仮にそうだとしましょう。コインを弾いて、それだけの回数連続して表を出すことはできません。ぼくらはいきます。ここに座って眺めているよりもそのほうがましだからですが、きっとぼくたちが勝つことはないでしょう。あなたにはもっといい計画が必要ですよ。

——万一きみたちが倒された場合には、NATOは核攻撃を計画しています。しかしたとえその戦略が異星人のロボットに対して有効だと証明されたとしても、十三の大規模な核爆発によって世界じゅうに降り注ぐ放射性降下物は壊滅的な量になるでしょうし、何十年間も影響が残るでしょう。それを第一の選択肢にするわけにはいきません。きみに話す義務があると感じるからいうのですが、もし異星人たちが敵意を示せば、テーミスの派遣命令が出るでしょう。彼女が使用可能であれば。

——使用可能とはどういう意味ですか？　ぼくは彼女を無事に連れ戻しましたよ。

——そろそろきみの奥さんについて話しあう頃合いのようですね。テーミスは損傷を受けていませんが、パイロットがひとり欠けているために使用不能なのです。ミズ・レズニックは許可を受けずに基地を離れています。

――カーラが無断外出《AWOL》を？　彼女は面倒なことになっているんですか？

――現在の状況を考えれば、軍の規律は問題ではありません。わたしが心配しているのはミズ・レズニックの不在が軍の規則に反していることではなく、彼女の不在そのものです。彼女がいなくてはこの組織は、そしてことによると全世界が、異星人の全面的な侵略の前触れかもしれない事態に対して、まったくの無力なのですから。

――カーラはどこへいったんですか？

――きっとプエルトリコ自治連邦区を訪ねるつもりでしょう。

――プエル……どうして？

――これを読んでください。

――これは？

——ライアン・ミッチェルからミズ・レズニックに送られた手紙——電子メール——です。その手紙が原因できみの奥さんは、救出作戦としか思えないことをしに出かけていったのです。その目的は読み進めれば明らかになるでしょう。その手紙の内容についても念押ししておくべきでしょうね。衝撃的で扇動的な内容ではありますが、はるかに複雑な物語を一側面から描いているにすぎないことを。きみは——

——読みました。彼は嘘をついているんですか？

——もう？

——ぼくは読むのが早いんです。あのくそ野郎は嘘をついているんですか？

——嘘はついていません。ミスター・ミッチェルはすべての事実を知っているわけではありませんが。彼は無責任で、自分の行動がもたらした結果をまったく無視し、完全に神経衰弱に陥る寸前のようではありますが、正直な人間ですよ。

——するとほんとうなんですか？　ぼくに子どもがいるというのは？

――それについては、正直なところわたしにはわかりません。あなたがたふたりがとらえられていたあいだにミズ・パパントヌに生体試料を採取されたこと、そして彼女が体外受精を試みるつもりだったことを示唆する証拠が研究室に残されていたのはほんとうです。ミスター・ミッチェルが手紙に書きそびれたのは――それを知ることはミズ・レズニックにとってきわめて有益だったでしょう――ロシアによる誘拐の恐れについてはもちろん、ひとりの子どもの存在からその両親の話にいたるまで、彼が気負いこんで暴露したその情報すべてが、ミズ・パパントヌの口から直接語られたことだという事実です。わたしが彼女のいうことをすべて真に受けるわけではない理由は、説明するまでもないでしょう。

――アリッサを見つけたんですか?

――わたしが個人的に見つけたわけではありませんが、たしかに彼女は身柄を拘束されています。

――あなたは彼女が嘘をついていると思うと?

――ミズ・パパントヌはふつうなら死刑、もしくは寿命の何回分かの収監という判決を言い渡される可能性のある嫌疑をかけられています。彼女が罪を犯した状況を鑑《かんが》みれば、公《おおやけ》の裁判が行われることはなさそうですが、アメリカ政府が彼女の……退場をなによりも見たがっているのは、本人もよくわかっています。ある種の交渉の切り札がなければ十中八九、説明もなく姿を消すか、あるいはもっとありふれたなにか、海で行方不明になったり謎の病気に倒れたりといった災難に見舞われることになるのはわかっているでしょう。ですから彼女には、嘘をつく理由が充分すぎるほどあるのです。とはいうものの、わたしはミズ・パパントヌを信じる気になっています。われわれにむだ骨を折らせたところで、彼女が稼げるのはほんの数日ですからね。

――彼女はいまどこに？

――二十四時間態勢で監視されている隠れ家に。

――……

――なにを考えているのですか？

――子どもが？

——ええ、娘さんです。

——いまになって？

——彼女は十年前に生まれていたはずです。いまになってその存在に気づいただけですよ。

——……

——ミスター・クーチャー？

——……なんですか？

——あなたは腹を立てているように見えませんね。

——あなたに対して、という意味ですか？

——ええ。わたしは十年前にミズ・パパントヌがやろうとしていたことについて、知っていながら黙っていました。もしふたたび同じことをする必要に迫られれば、やはりその情報を秘密にするでしょうが、だからといってあなたが怒りを表す資格が減るわけではありません。

——まあ、たしかに腹は立ちますよ。ぼくはただ……カーラがどういう心境なのか想像がつかなくて。

——ミズ・レズニックがいまあなたの手にしている手紙で暴露されていることに対して、それほど穏やかな反応を示さなかったことは、まず間違いないでしょうね。

——きっとそうでしょう。これを読んだときには怒り狂ったはずです。でもぼくが考えているのはそういうことじゃありません。カーラは望んでいなかった……ほんとうにがんばってなんとか気持ちを変えさせようとしたんですが、彼女は子どもをほしがらなかったんです。でもぼくはほしかったから、押して、また押して。

——それでいまは?

——いまですか? いまは世界が終わろうとしています。こんな世界に子どもを誕生させたいと思いますか? 今日?

——さっきいったように、彼女は何年も前に生まれているはずです。

——どうすればカーラを見つけられるでしょう？

——ミズ・レズニックは母親になることを拒んでいたといいましたね。その子どもに接触しようとすると思いますか？

——思います。その子を見つけるまで帰ってこないでしょうし、捜すのをやめないでしょう。カーラが子どもをほしがらなかったのには理由があります。自分が夢中になってしまうのが怖かったんだと思うんです。子どもがひとりできたいま——

——そうではない可能性はおおいに——

——それは問題じゃありません。子どもができたと思っているいま、彼女を止められるものはないでしょう。

——心配ですか？

――ええ、心配です。彼女がなにかばかなことをするんじゃないかと不安ですよ。

――わたしはほんとうに申し訳ないと――

――ぼくはなんとも思ってませんよ。あなたのことはこの件が片づいたら対処しましょう。アリッサからもたらされたその情報を、あなたはどうするつもりだったんですか？　そうだ、だいたいなんだってライアンが知ってるんです？

――わたしは少なくともその一部が正確だと確認できるまで、ＥＤＣの誰とも情報を共有したくなかったのです。それでアメリカ合衆国に支援を要請しました。

――彼らになにを約束したんです？　パイロットですか？

――はっきりとはいいませんでしたが、その可能性は残しておきました。彼らはその子を取り戻すためにデルタフォースの一部隊を派遣することに同意しました。子どもがミズ・パパントヌの提供した住所に住んでいた場合に備えて、わたしはミスター・ミッチェルに、デルタチームに同行してその体験が与える精神的痛手を和らげてくれるよう頼んだのです。たしかに子どもはそこに住んでいるものの、あとでミズ・レズニックとあなたの子どもではないと証明される可能性もおおいにありましたからね。わたしの要請はその後、例のロボットがイギリスに現れたときに却下されました。

——仮に彼らが出かけていって、ひとりの少女を見つけたとしましょう。そしてその子がアリッサのいったとおりぼくたちの娘だったとします。あなたはぼくらに話していましたか？

——もちろん話していたでしょう。

——どうしてぼくにそうだとわかります？

——あなたのわたしに対する信頼が、取り返しがつかないほど傷ついてしまったかもしれないことはわかります。しかしこの場合、信頼は必須条件ではありません。単純な理屈で充分でしょう。わたしが——誰でもそうしたでしょうが——あなたがたに娘の存在を伏せておかねばならなかったであろう唯一の理由は、将来彼女をパイロットとして利用するつもりだからです。わたし、あるいはほかの誰かはまず、その子がテーミス内部のヘルメットのひとつを、あるいは両方を起動させられるかたしかめる必要があるでしょう。これはひょっとするとあなたがたに知られずに成し遂げられるかもしれません。そうはいっても彼女は、最終的に訓練を受ける必要があります。テーミスにはひとりではなくふたりのパイロットが必要であり、それゆえその子の訓練には、あなたかミズ・レズニックに立ち会ってもらうことになります。それはおそらくあなたでなくてはならないでしょう。なにしろあなたは、解剖学的構造があの下半身を操縦するのに適合している唯一の人間なのですから。わたしの推測では操縦装置を起動させる彼女の能力は、おそらく両親の片方、もしくは両方との身体的類似に結びついており、だとすればわたしであれほかの誰であれ、あなたのような知能の持ち主に彼女の素性を隠しておくことは、ほぼ不可能でしょう。

――ほんとうに？　お世辞でしょう？　それで、いまわれわれはどうすればいいと思いますか？

――待つのです。わたしが隠そうとしていた情報が明るみに出てしまったいま、ＥＤＣを通じてあらためてデルタフォースの引き抜きを要請するつもりです。ミスター・ミッチェル抜きでね。

ファイル番号一五五六
ニュース報道——BBCロンドン、ジェイコブ・ローソン
場所：イギリス、ロンドン

〔三十秒前だ、ジェイコブ〕
——いや！　だめだ！　中継はつなぐな。おれたちは現場から離れてるところなんだ。
〔離れてるって、どういう意味だ？〕
——カメラマンとおれは現場をあとにしてるって意味だよ。バンまであと五分かかる。
〔どういうことだ？　みんなきみのために用意してるんだぞ……あと二十秒だ。ジェイコブ、なにが起こってるんだ？〕

――連中は引き止めておけ。あのいまいましい野郎が動いたんだよ。おれたちはいま、大急ぎであれから離れようとしてるんだ。

〈動いたって、どういう意味だ？　おれはチャンネル2で見てるんだぞ。なにもしてやいないじゃないか〉

――いいか、ジャック、ロボットが動いたんだ。あれは……重心を移動させた。両手を動かした。

〈重心を……勘弁してくれよ、ジェイコブ。三分間、なにを放送すればいい？〉

――天気予報。今朝の映像。なんだっていいさ。前回こいつらの仲間が動いたときは、十万人が死んだんだ。それが起こったのは――おい、待ってくれよ――まさにここだ。

〈きみは妄想に取りつかれてるんだよ。いまはおれたち全員があれを見てるし、そのおれがこういってるんだ。あれは動いてない〉

――妄想だって、ジャック？　いまおれたちは土の上を歩いてるんだぞ、ジャック！　おれがなにをいってるかわかるか？　おれたちが土の上を歩いてるのは、この前のくそいまいましいロボットが、ここにあったものを全部きれいさっぱり蒸発させちまったからだ。どのみちおれたちは近づきすぎてた。離れたところからのほうがもっとよく見えるだろう。

〔どこへ向かうつもりなんだ？〕

――土のないところだよ！　バンに乗って、完全に破壊された区域の縁にあるダウンタウンのビルに向かうつもりだ。そこから少し映像を撮れるだろう。

〔どのくらいかかる？〕

――わからんな。セットするのに……二十分くれ。

〔ジェイコブ。なにもない空き地の縁は二キロ先だ。二分で着けるはずだろう〕

――ここには五万人の人間がいるんだぞ、ジャック。いたるところに子どもがいるし、数え切れないくらいのテントがある。おれたちの行く手にはフードステーションがあって――そうだな――バーベキューグリルが五十台ある。何百人という人たちがハンバーガーを求めて列をつくってるんだ。ここには共同体ができてる。人混みをかき分けて進むのは大変なんだよ。おれたちはバンへの道を切り開かなくちゃならない。

〔それでその五万人の人たちだが、彼らもそこを離れようとしてるのか？〕

――いいや、ジャック、離れようとはしてない。出たり入ったりしてる人たちはいるが、誰も逃げてるとは思わないな。

〔だったらきみもそうするべきだろう。きみはジャーナリストじゃないか。子どもたちだってきみほど臆病《おくびょう》じゃないぞ〕

――くたばれ、ジャック。おれたちは離れるんだ。

〔カメラマンの意見はどうなんだ？〕

――ジャネット、きみは残りたいか？

〔くたばれ、ジャック！〕

〔わかった！　わかった！　きみの担当時間はこっちでつぶすよ〕

――スタジオはなにを放送するかな？

〔三分間、即興でつないでもらおう。いい顔はしないだろうな。このせいできみは職を失うかもしれないぞ、ジェイコブ。ふたりともな〕

――おれのことは知ってるだろう、ジャック。あんたのために十回以上戦場に出かけたんだぞ。そのせいで一発撃たれたっけな。

〔おれのせいで撃たれたのはきみのカバンだろう、ジェイコブ。きみはかすり傷も負わなかったじゃないか〕

――あと十五センチずれてたら、いまおれたちは話をしてないだろうな。いいたいのは、おれが簡単にびびる人間じゃないってことだ。そのおれがいってるんだよ。こいつはいやな感じがするってな。

〔きみが正しいことを祈るよ。さもないと厄介なことになるぞ〕

——自分が間違ってることを心から祈るよ。バンに着いた。向こうに着いたら電話するよ、ジャック。

〔いや、それはだめだ。電話は切るな。天気予報の直前にそっちにつなぐつもりだが、いまから五分後にはカメラの前にいてもらう必要がある〕

——ジャネット、ジャックがおれたちに五分くれるといってる。

〔彼女はなんだって？〕

——にこにこしてるよ。

〔そうこなくちゃな〕

——ジャネット、ミラーで後ろを見てみろ。あれが見えるか？

〈ええ、あれはなに?〉

〈なにって何なんだ、ジェイコブ?〉

――空気が……口で説明するのは難しいんだが、ロボットのまわりの空気が次第に……濃くなって……まるで……

〈霧みたいにか?〉

――そういうわけでもない。ロボットを包むようにゆっくりと靄《もや》が発生してる感じだ。なんにせよ、自然現象には見えないな。人々が逃げ出してるのが見えるぞ。

〈ロボットが発生させてるのか?〉

――そう思う。どこから出てるのかは見えない。いまでは空気はさらに白さを増して、不透明になってる。もうロボットの足は見えない。あれは霧じゃないな。まるで……ドライアイスの、大量のドライアイスの煙みたいだ。ジャネット、もっとスピードを出せないか? 追いついてきてるぞ。

〔危険なのか？〕

――おれが知るわけがないだろう。あれはどんな人間が走るよりも、ずっと速く動いてる。おれたちは道路まで三十メートルくらいのところにいるんだが、すぐ後ろまで迫ってきてるんだ。

めいっぱい踏みこめ、ジャネット！　そら！　そっちだ！　町に入ったぞ。ゴールデン・レーンをいくんだ。あのいまいましい代物は、もうおれたちをすっぽり覆ってる。三メートル先も見えない。

くそったれ！　バンの後部扉から入ってきた。床からもだ。ジャネット、停めろ！

〔ジェイコブ！〕

――……

〔ジェイコブ！〕

――聞こえてるよ。くそっ！　おれたちは……おれたちは駐車してあった車にぶつかったんだ。おれの頭、血が出てる。ジャネット！　ジャネット！　ジャネットは気を失ってる。彼女を連れ出さなくちゃ。おい、しっかりしろ。ここから出してやるからな。

〔助けをやろう。どこにいるか教えてくれ〕

――いま彼女をクロムウェルタワーに連れて入るところだ。ジャック、急いだほうがいい。ジャネットは……血管の色が濃くなって、ほとんど黒くなってる。肌は真っ青だ。

〔死んでるのか？〕

――知るもんか！　おれは彼女を抱きかかえてるんだ。脈を確認できない。煙が、ドアが閉まってるのに建物のなかに入ってきてる。あれから彼女を遠ざけなくちゃ。エレベーターを試してみる。

〔ジェイコブ、彼女は死んでるのか？〕

――いまエレベーターに乗るところだ。ジャネットを最上階に連れていく。なんだか知らないが彼女に害をもたらしてるものが、そこまで上がってこないといいんだが。

〔警察は電話に出てくれない〕

――……

〔いまいったことが聞こえたか？〕

――……

〔ジェイコブ！〕

――死んでる。ジャネットは死んでる。異星人のくそどもに殺されたんだ。彼女は……かたい。肌が……まるで誰かに血液を全部吸い取られたみたいで――……

〔なんてこった〕

――あいつらがまたやってるんだ、ジャック。おれたちを皆殺しにしようとしてるんだよ。

〔助けを見つけてやるから。もし見つからなかったらおれが自分で迎えにいってやる〕

――自分の心配をしろ、ジャック！　霧はいまごろ川を越えてるだろう。じきにそっちに届くはずだ。

〔こんなに遠くまで届くと思うのか？〕

――いま窓から外を見てるところだ。見渡すかぎりいたるところに広がってる。二十五階から三十階建てより低い建物は、その雲にすっぽり覆われてる。背の高いビルがいくつか頭を出してて、白い海みたいだ。全員オフィスから出して最上階へいかせろ。あそこならきっと安全だろう。

〔きみはどうするんだ？〕

――おれはジャネットと同じくらいこの煙を吸った。どうしておれが生きてて彼女は死んだのかわからない。体は大丈夫だ。おれはあれが消えるまでここにいるよ。

〔無事でいろよ、ジェイコブ〕

——じゃあな、ジャック。

ファイル番号一五六七
EDC科学室長、ローズ・フランクリン博士との面談
場所：ニューヨーク州ニューヨーク市、EDC本部

――ドクター・フランクリン。

――……

――ドクター・フランクリン。なにをしているのですか？

――わたしは……わたしはなにもしていません。

――あなたは目を閉じて無数の遺体袋に囲まれ、床に座りこんでいる。なにかしているでしょう。

——八百六十一あります。なんだか中途半端な数ですね。なぜ八百でも千でもないんでしょう？

——輸送機にちょうど積みこめるだけの死体の数がそうだったのだと思いますが。

——そうでしょうね。

——わたしの質問に答えていませんよ。

——どんな質問ですか？

——あなたはなにをしているのですか？

——四百万の遺体袋がどんなふうに見えるか、想像しようとしていたんです。全部見えるでしょうか？　それとも、どちらを向いても死者の海が果てしなく広がっているように見えるんでしょうか？

——その答えはわたしにはわかりかねますね。もしそれがあなたにとって重要なことなら、計算するのは比較的簡単なはずですが。

――そんなことはありません。四百万という数字がほんとうに意味する感覚をつかむのは、実に大変なんです。彼らの名前を眠らず声に出して読み上げるだけで、三カ月ほどかかるのはご存じでしたか？

――あなたがその数をそうとう重く受け止めているのはわかります。ですがその四百万という数字は、別のかなりおおざっぱな数字にもとづいた死者数の近似値にすぎないことは、知っておかれるべきでしょうね。攻撃の前にどれだけの人々がロンドンを離れることができたのか、わたしたちにはわかりません。どれだけの人々が影響を受けた地域で生活していたのか、どれだけの人々が異星人のロボットの近くに集まっていたのか、といったことも。最終結果は、もしそんなものがあるとすればですが、そうとう違ったものになるかもしれません。

――それはどうでもいいことです。悲しいことに違いはありません。

――四百万の死者が出たというのは、ほんとうに恐ろしく悲しいことです。

――わたしがいっているのはそういうことではありません。あまりに数が多いからというだけの理由で、彼らの死がそれほど重要でなくなっているのは悲しいことだといっているんです。

——物事の規模がどうして彼らの死の悲劇性を少しでも薄めることになるのか、わたしにはわかりませんね。

——とにかくそうなんです。カーラはわたしがどんなに打ちのめされていたかを話してくれました……巨大な体のパーツを探していてフラッグスタッフで八人の死者が出たとき、もうひとりのローズがどんなに衝撃を受けていたかを。わたしには想像することしかできません。最初のロンドン攻撃で亡くなった十三万六千人の死の重みはたしかに感じましたが、それがひとりの死に対して感じたであろう悲しみの十三万六千倍でなかったことは間違いありません。そして今度も、四百万倍悲しんではいません。

——それは完全に正常な反応のように思いますが。

——そうでしょうか？　わたしには自分が殺したすべての人に対して、彼らの死を等しく感じる義務があるとは思われませんか？

——あなたは誰も殺していないのですよ、ドクター・フランクリン。ある程度責任を感じるのは人として当然のことですが――たしかにわたしは、この悲劇を防ぐことができればよかったのにと思っています――あなたは誰も殺していません。異星人がやったのです。まずわれわれと話し合いをしようともせずに。

――今回のことのきっかけをつくったのはわたしで、彼らではありません。わたしが穴に落ちて、このすべてがはじまったんです。わたしはすべてを忘れてしまうこともできたのに、ふたたびあの手を見つけたばかりかテーミスを完全に組み立ててしまった。二度目の機会を与えられる人はどのくらいいるでしょう？　わたしは与えられました。それを使ってわたしがなにをしたか、見てください。わたしは探すのをやめるべきだったんです。

――厳密には探しつづけていたのはあなたではありません。それは……もうひとりのドクター・フランクリンで――

――わたしは探すのをやめるべきだったんです！　テーミスをそっとしておくべきだった。彼女はわかっていました。それでわたしを殺したんです。

――いかに不本意であったとしても、あなたを殺したのはミスター・クーチャーとミズ・レズニックです。

――わたしが自分の組み立てたロボットに殺されたことに、なにか意味があるとは思われませんか？　その発見がすべての人の命を危険にさらしているロボットによって。詩的正義だというのはわかりますが、せめてそこに少し皮肉を感じるといってください。

――あなたはとても強力な兵器のパーツを発見しました。危険なものを扱うのにリスクはつきものです。人々は身近にある拳銃、電動工具、あるいは配水管の化学洗浄剤のせいで、日々命を落としています。あなたは異星人がもたらした高さ六十メートルの兵器を見つけた。その重さは数千トンで、軍勢を壊滅させることができる。あなたは朝から晩まで毎日それに取り組んだ。生命保険会社があなたのやっていることを知れば、掛け金は千倍になっていたでしょう。あなたの死は衝撃的でしたが、そうなる可能性がきわめて高いことでもありました。さらにいえば、あなたに選択の余地があったとは思いません。わたしはあなたがまったく制御不能な力によってあの手に導かれたのではないか、と思っています。

しかしあなたは二度目の機会を与えられました。そしていまここにいる。われわれが人々を救うのに手を貸せるように、ここにいるのです。あなたには全員を救うことはできないでしょう。そのことは攻撃のずっと前にあなたに話すこともできました。ですがわたしは、あなたが一部の人々を救うことができると確信しています。すばらしいことには聞こえないかもしれませんが、われわれの一部を救うことが、この重大事にあたって望み得る最善の結果なのです。

それを頭に置いたうえで、あなたの不相応な罪の意識に対して失礼なことだとは思いますが、わたしは遺体がロンドンから到着して以来あなたがなにを学んだのかを知りたいのです。

――彼らは恐ろしい死に方をしました。十二人の検視官が二十四時間態勢で検視を行っていますが、その十二人の見立てでは全員が同じ死に方をしています。きわめて深刻な敗血症です。炎症は全身に素早く広がりました。大変な高熱が出たでしょう。あっという間に血液凝固が起こり、全身の血流が滞ります。酸素がなければ主要な臓器はすべてだめになります。まず腎臓《じんぞう》、肝臓、肺がやられ、やがて死にいたる。彼らは空気を求めて喘《あえ》ぎながら、体の内側から焼き尽くされて死んだんです。

これでもあなたはまだ、異星人のロボットのまわりでピクニックをするために子どもたちを連れていくのはいい考えだったと思われますか？

――わたしはけっしていい考えだと思っていたわけではありません。たんにわれわれの平和的な性格を示す最高の機会かもしれないといっただけです。わたしはいまでもあれが最高の機会だったと信じていますよ。

――この人たちにとってはあまりいい結果になりませんでしたね。

——ええ。従ってわれわれはそろそろ、もはや和平という選択肢はないと覚悟しなくてはなりません。犠牲者が死ぬまでにどのくらいかかったのですか?

——あっという間でした。一分足らずでしょう。いまロンドンじゅうから監視カメラの映像を集めているところです。ガスは均一に七十メートルの高さまで達しました。水平方向には真円を描くようにちょうど十八分間、全方向にほぼ十二キロメートルにわたって——その面積はおよそ四百五十平方キロメートルとなります——広がりました。二十分後には全員が死にました。異星人のロボットはそのすぐあとで姿を消しました。あれがどこかに現れた兆候はありますか?

——ほぼ瞬時にマドリードに現れましたよ。

——住民は避難しているのですか?

——ゴヴェンダー准将が、差し迫った脅威にさらされている十三の都市の地元政府と連携して動いています。

——ほかのロボットは、彼らは……?

——いいえ。われわれにとって幸いなことに、ほかのロボットはどれも現時点ではいっさいガスを放出していません。ですが当然、時間の問題にすぎないでしょう。もしその生存率がロンドンのときと同じくらい低ければ、そしてそれらの都市に残っているのが人口の半分だけなら、三十分以内に一億人が命を落とす可能性があります。

——何人が生き残っているのですか？　わたしはほんのひと握りと聞きましたが。

——救助隊が町をくまなく捜索するにつれ、さらに見つかっています。わたしが受け取った最新の生存者数は、千四百人近くです。

——それでも恐ろしく少ないわ。

——たしかに。彼らのほとんどは発生地点から五キロ圏内で見つかりました。そこから離れるにつれて少なくなっているのは人口密度の影響と、より多くの人々が逃げおおせたからでしょう。あのガスに触れて生きのびた人たちの数が、その地点を境に大幅に増えているとは思いません。

生存者のうち何人かを、検査のためにこちらに送ってくれるよう頼んであります。

――その人たちはここにいます。一時間前に到着しました。

――もう検査はすんでいるのですか？

――いいえ、ですが機上で全員が、血液のサンプルを提供してくれています。その結果は一時間でわかるはずです。すでにそのうちの四人と話しました。彼らが戻ってきたら、残りの人たちの話を聞くつもりです。全員になにか食べにいってもらったんです。

――彼らはどうやって致死性のガスを避けられたのですか？

――避けたのではありません。彼らの話によれば、逃れる術《すべ》はありませんでした。部屋のなかに閉じこもり、身近にあるものを手当たり次第に使ってあらゆる開口部をふさごうとしましたが、その霧は――彼らはそう呼んでいました――まるで行く手を遮るものはいっさい存在しないかのように、通り道を見つけたというんです。それは壁を通り抜けて入ってきたそうです。生存者の多くは建物のなかに入ることさえできなかったことがわかっています。なかには異星人のロボットのまわりに集まっていた人たちもいました。彼らはガスが消えるまで一時間以上それにさらされ、吸いこんでいました。

――彼らはどうやって生きのびたのですか？　症状がいくらか軽かったのですか？

――なんの症状ですか？　彼らにはなにも異状はありませんでした。みな完全に健康体です。正確には、ひとりはかなりひどいインフルエンザにかかっていましたが。ですが、それがあのガスと関係があるとは思えません。彼は何日か前から病気だったといっています。あの「霧」がどういうことをするにせよ、あの人たちは完全に免疫があるんです。

――その理由になにか心当たりはありますか？

――いいえ。彼らはみな身体的にまったく異なっています。出身地もばらばらです。わたしは彼らについて可能なかぎり情報を手に入れ、共通する食習慣やなんらかの活動がないかたしかめてみるつもりです。それは彼らが職場や自宅で接触しているなにか、使っている石けんやシャンプーのたぐいかもしれません。わたしが話をしたひとりは、薬をいっさい飲んでいませんでした。わたしは尋ねつづけるつもりです。ほかの人たちと話をすれば、なにか出てくる可能性はあります。ですが正直なところ、なにも見つからないのではないかと思っています。生存者には六歳の女の子も八十歳の男性もいます。彼らの日々の暮らしにどれほど共通する点があると思われますか？　この仕事に取り組むべき人間は、わたしではないんです。

——自分自身を疑うのをやめるべきですよ、ドクター・フランクリン。わたしはこの謎を解く能力があなたにはあると確信しています。

——あなたはずっと、わたしのことを天才かなにかのようにいっておられます。でもそうではありません。専門分野は得意ですが、これは違います。ただ、ひとつ考えられることがあります。あなたがわたしを会わせたがっている人物、わたしを未来へ送りこむのに手を貸した人物。その人は地球にテーミスを残していった異星人の子孫だという可能性はありませんか？

——もしそうだとしたら？

——ふと思ったのですが、もしあの人たち、生きのびた人たちがテーミスをつくった人々の子孫なら——彼らは明らかに完全な異星人ではありませんが、いってみれば一部だけ人間だということになります——襲撃者たちが彼らを見逃したとしても筋が通るでしょう。

——わたしもまさに同じことを考えていました。ここに連れてこられた人たちが生き残ったのは偶然だと考えるには、かなり無理があると思います。もしわたしと彼の接触が示唆したように、異星人の子孫が歴史上ずっとわたしたちに混じって暮らしてきたのだとしたら、彼らには攻撃に使われたガス状物質に対するなんらかの免疫があるのかもしれません。この仮説を確認する方法を思いつきますか？

——さっきもいったように、これはわたしの専門外です。この手の問題を扱う知識もなければ、訓練も受けていないんです。いまあなたに必要なのは遺伝学者です。

——それなら助けになりそうな人物に心当たりがあります。

ファイル番号一五七〇
アリッサ・パパントヌ博士との面談
場所：ニューヨーク州ニューヨーク市、ＥＤＣ本部

——ほんとうに手錠が必要なんですか？

——必要はありません。この施設の警備は厳重ですし、逃亡に成功する確率はきわめて低い。しかしあなたとチームのメンバーとの過去の経緯を考えると、きっと拘束具はみなを安心させておく役に立つと思うのですよ。

——両手をつ……つながれた状態で作業するのは、ほんとうに大変なんです。

——その鎖の長さは三十五センチあります。あなたがある程度自由に手を動かせるようにしておいたのです。もっと両手を離して行わねばならない作業があれば、自由に動ける助手をひとりつけてあるでしょう。

——わたしたちはみ、味方なんですよ。そのことには気づいておられるんでしょう？

——あなたには自分の都合に合わせてすぐ寝返る癖がありますからね。

——四百万人が死んだんですよ。わたしがいいたかったのは、もはや敵も味方もないということです。これはわたしたちと彼らの問題です。たとえわ……わたしが望んだとしても、彼らが自分たちのチームにい……入れてくれるとは思えません。

——第二次大戦中には六千万人が死にました。それでもいまだに敵味方は存在します。

——いったい何人死ねば、あなたはわたしをし……信用してくれるんですか？

——安心してください、ミズ・パパントヌ、わたし個人はあなたを恐れてはいません。その手錠はわたしのためのものではないのです。そうはいっても、きっとミスター・クーチャーは、たとえあなたとふたりきりで生き残ることになっても、それをはめたままでいさせたがるでしょうね。つまりあなたの質問に対する答えは、約七十一億二千五百万人ということです。

——なぜヴィンセントがまだここに？　テー……テーミスは派遣されていないのですか？

——われわれがなにをし、なにをしていないかは、あなたには関わりのないことです。あなたがここに連れてこられたのは、きわめて特殊な目的のためなのですよ。

——わたしはただ、か……会話をしようとしていただけです。

——それならロンドンで死んだ人たちについて話しましょう。検視官の話では、彼らはみな敗血症で死んだとか。

——まあ似たようなものです。

——それはつまり、彼らの死因は敗血症ではないということですか？

——正確には。彼らの死因は全身炎症……反応ですが、敗血症なら感染性の病原体が存在することになります。あのガスには有害な病原菌も、ウイルスも、バ……バクテリアも含まれていなかった。少なくともわたしはそう思っています。

——思っている？　送られてきたガスのサンプルを分析しなかったのですか？

——分析できるものはなにもありませんでした。わたしが受け取ったときには、よ……容器は空だったんです。ですが、わたしが見た細胞のサンプルにもとづいていうなら、あのガスにはほんとうにほんとうに賢い分子が含まれていました。ＤＮＡの長い鎖と結びついて遺伝子に異なるタンパク質をつくり出させる、肉体には認識されない分子です。肉体はすべての細胞が感染したと思い、自らを攻撃しはじめます。その反応はきわめて激しく、ほぼしゅ……瞬時に起こるのです。

——犠牲者の遺伝的性質にふつうでないところはありましたか？

——確認はしていませんが、ありません。

——わたしがあなたをここに連れてきたのは遺伝学の専門知識があるからです。なぜあなたが犠牲者のもっとも基本的な遺伝的プロファイリングを行うことさえ適当だと思わないのか、わたしには理解できませんね。

——わたしはじ……自分でロンドンの死体を数えたわけではありませんが、あなたからもらった報告書には、およそ四百万人がそのガスにさらされ、に……二千人ほどが生き残ったとあります。

——正確には千九百八十八人、最新の数字です。

——それはだいたい一万人のうち五人、一パ……パーセントの五パーセントになります。つまりそのガス状物質にさらされた人々のうち、九十九・九五パーセントは死んだということです。人口の九十九・九五パーセントについてほんとうに変わったところはないというために、あれこれけ……検査をする必要はありません。全部で千九百八十八人の生きのびた人たちのほうが、はるかに……興味深いですね。

——いいでしょう。その生きのびた人たちについていえることは？　あなたのことですから、少なくともわたしたちが送りこんだ生存者は検査しているでしょう。

——わたしはそのに……二十七人全員の完全なゲノム解析を行ってきました。彼らはほんとうによくないい……遺伝的特徴を持っています。

——どうしてそうなるのです？

――彼らはみな遺伝的変化や突然変異の混合物を共有していて、そのほとんどは悪い影響をもたらすものです。あの人たちは本来なら存在するはずさえないんですよ。

――劣った遺伝的特徴のせいで?

――め……めったにない遺伝的特徴のせいです。あのような異常をすべて持った人間が複数存在するなど、考えられないことです。

――説明してください。

――誰のＤＮＡにも小さな「エラー」はあります。そのほとんどは一塩基多型《ＳＮＰ》で――

――失礼、わたしは遺伝学のことはろくに知らないのですよ。

――つまり、ヌ……ヌクレオチドの基本ペアのひとつだけ、文字列のひと組だけが違うのです。ＴとＡがＧとＣに置き換わっている、といったしゅ……種類のことです。そうした違いの大部分はい……遺伝子のあいだの非コード領域にあり、誰も本気で心配していないか、それについてなにも知らないかです。そうした遺伝子内部で起こるのは、ふつうはもっと興味深いことで、それらが……どう働くかは、いまだにほとんどわかっていません。よりありふれた違いはた……多型性と呼ばれ、人口の一パーセント未満にしか起こらないものは突然変異と呼ばれます。人々が複数のと……突然変異を共有しているはずはないのです。

——それなのに生きのびた人々はそうだと？

——その多くは。異星の物質に含まれた分子が、標的としているDNAの長い鎖をまったくみ……見つけられないほどに。こんなに大勢の人たちがこれほどた、たくさんの突然変異を共有しているはずは、絶対にないんです。まったく考えられません。

——それが明らかに起こっていると。それはどの程度あり得ないことなのでしょう？

——そうですね、ひとつ例を挙げてみましょう。あなたがたがわたしのところにお……送って寄こした人々は、全員がＴＲＥＭ２遺伝子に突然変異を起こしています。ＴＲＥＭ２の役割のひとつは、脳の病気やけがに対する免疫反応を調節する助けをすることです。ＴＲＥＭ２がて……適切に機能しなくなる突然変異には、ありとあらゆる種類があります。そしてあの人たちは全員、同じものを持っています。Ｒ４７Ｈの変異です。これはまれなことです。アイスランドのような特定の地域では、じ……人口の〇・五パーセントを少し超えるくらいの発生率で、それ以外の場所ではさらに低くなります。生き残った人たちは全員が、TREM2の突然変異をい……遺伝子対の両方に持っているんです。これはわたしがその発生頻度を把握すらしていないほど珍しいことです。

——それは体を弱らせるのですか？

——アルツハイマー病の発症リスクは増すようですが、突然変異を抱えた人たちのほとんどはそのび……病気にかかることはないでしょうから、答えはいいえ、です。BCR2遺伝子にも突然変異が見られます。それはにゅ……乳癌《にゅうがん》のリスクを高めます。

——すべての生き残りがそれを持っていると？

——そうです。遺伝子対の両方に。

——そちらの突然変異はどの程度珍しいものなのですか？

——それは、い……一概にはいえませんね。特定の民族では頻度が高いのですが、全体として見た場合、人口の〇・五パーセントに満たない数です。わたしがな……なにをいおうとしているかはおわかりでしょう。そのふたつの突然変異が無関係だと仮定すると、〇・五パーセントかける〇・五パーセントということは、ひゃ……百万人のなかで両方の突然変異を持っている人間は二十五人ほどしか見つからないはずです。もちろんすべての生き残りが共通して持っているわけではありませんが。

——あなたが調べた人々が共通して持っている突然変異はすべて、病気にかかるリスクを高めるのですか？

——いいえ。そのほとんどはまったくなんの影響も及ぼしません。ひとつはい……いい働きをするものです。彼らのPCSK9遺伝子にある変異は、悪玉コ……コレステロール値を下げてくれます。これはじ……人口の約三パーセントに見つかるものです。計算すれば、ロンドンでガスにさらされた四百万人のなかにちょうどこれら三つの突然変異を持つものは、わずか三人になるはずです。

わたしが調べた人たちは何百というSNPを共有し、五十七の珍しい遺伝子変異を持っています。これほどたくさんの珍しい特徴を共通して持っているものは、地球上にふたりと見つからないはずです。地球の人口ではとても足りません。確認のためにはすべての生き残りから採取した血液が必要になるでしょうが、彼らがみな同じと……特徴を、たとえそれがあ……あり得ないことだとしても持っているのは、賭けてもかまいません。あの人々が生きのびたのは偶然ではないのです。

——生き残った人たち全員が親類である可能性はありませんか？　共通の先祖を持っているなら、わたしの思い違いでなければ遺伝的に類似している可能性は高まるでしょう。

——彼らの一部はそうです。ここに送られてきたに……二十七人のうち六人は、ほかのひとりと血縁関係にあります。兄弟が二組、兄と妹、それからは……母と娘です。それ以上はいません。十六人はイギリス人の系統で、ひとりはデンマーク、ひとりはモロッコの出身です。それにインドの出身者が四人、カ……カナダ人がひとり、フランス人がふたり。いまいった母と娘はロシア人です。これらの人々のあいだには、あなたとわたしが親戚関係にあるのと同程度の関係があります。共通の先祖を見つけるには、長い長い時間をさ……さかのぼらなくてはならないでしょうね。

——その人たちはわざと見逃されたと思いますか？

——ええ。故意にちがいありません。まあ、必ずしも故意ではないかもしれませんが、そのほうがよ……より筋が通ります。

――どうしてそうなるのですか？

――理論上は異星人たちがそうしたた……多型性の存在を知らなかっただけで、彼らの兵器の欠陥にすぎない可能性はあります。ですが彼らがつくりあげた分子は、ＤＮＡのほんとうに長いく……鎖を標的にしたもので、少なくともわたしが遺伝学について理解していることからすれば、そういったものをつくるのはひどく困難で、ま……まったく不必要なことです。その気になれば彼らは、誰もが持っている短い鎖を標的にしたはるかに単純な分子をつくることができたでしょう。毒ガスを使うこともできたはずです。これにくらべればボツリヌス毒素をつくることなど、子どもの遊びでしょう。同じ散布方法で使用できて、生存者はひとりもなく、はるかに簡単につくれるものは、か……数え切れないほどあります。こういう結果になるように、彼らはとてもく……苦労したんですよ。

――あの人たちが実際に共通の先祖を持っているといったん仮定して、あなたが説明してくれた分子が彼らの子孫を特別に見逃すためにプログラムされていた可能性はありますか？

――それは興味深い考えですね。ですが、いいえ、それはうまくいかないでしょう。遺伝子のどの部分がわ……わが子に受け継がれるかはわかりませんから。

——その過程が完全に行き当たりばったりということはないはずです。きっと一部は予測可能なのではありませんか？

——一部は。遺伝子のごく一部には、父親からだけ受け継ぐものと母親からだけう……受け継ぐものとがあります。

——そのＤＮＡが——それはＤＮＡですね？

——ええ。

——そのＤＮＡが異星人の分子をプログラムするのに使われている可能性はありませんか？

——いいえ。それが長期間にわたって働くことはな……ないでしょうね。どう説明すればいいでしょう？　こう想像してみてください。あなたはせ……千年以上前に生きていたある男の、すべてのし……子孫を標的にしたかった。男が伝えたと唯一あてにできる遺伝物質は彼のＹ染色体で、これはせ……性染色体です。そのＤＮＡのなかのマーカーを利用することは可能ですが、それは直接のち……父方の系統にのみ、父から息子へ、その息子へ、そのまた息子へと伝わります。女性には伝わりません。もし救いたかったのがある女のし……子孫なら、ミトコンドリアDNAを利用できるでしょう。こちらはは……母親によってのみ伝わります。それを使えばち……直接の母方の系統にのみ伝わるという、正反対の結果になるでしょう。そういった人々は家系のごく一部であり、そのような直接の系統は途絶えがちです。ひとりの父親に息子ができないか、ひとりの母親にむ……娘ができないかするだけで絶えてしまうのです。別の見方をすれば、あなたには十六人の高そ……祖父母がいますが、Y染色体DNAもしくはミトコンドリアDNAを共有しているのは、そこまでさかのぼっても四人だけということになります。

——母親と父親の両方から伝わっているはずの……ふつうのDNAにある特別なマーカーを、標的にすることはできないのですか?

——それは常染《じょう》色体DNAと呼ばれるものです。あなたのいうとおり、人はおおむねその半分を母親から、半分をち……父親から受け継ぎます。どの遺伝子も対になっていますが、こ……子どもたちに伝わる遺伝子は半分だけで、そのどちらかを選んで受け継ぐこともありません。これを組み換えといいます。常染色体DNAは毎世代、再結合しています。これはつまり、ある特定の先祖とどれだけのDNAを共有していても、毎回半分に切られてしまうということです。共有されている部分もどんどん短くなっていきます。時がたてば特定の人物の子孫全員に共有されているものは、ほとんどな……なにも残っていないでしょう。あのひ……人たちが共通して持っているほどの量がないのはたしかです。

生き残りが持っていたどの突然変異を取っても、彼らの親がふたりとも持っていたのは間違いありませんが、おそらく遺伝子対のり……両方にではないでしょう。その両親はロンドンで死んでしまったはずです。あの幼いロシア人の少女は、父親が死ぬのを見ています。彼らの子どもたちにも同じことがいえます。生存者の多くには子どもがいましたが、ひとりをのぞいて全員が死にました。彼らの子どもたちはもうひとりの親からDNAの半分を受け継いだが故に、まったく同じ遺伝的と……特徴を持ち合わせていなかったのです。遺伝的特徴というのは、長いき……期間にわたってほんとうにごちゃ混ぜになるものです。もし彼らがある家族の血を引く人たちを救おうとしていたのなら、あのガスはほ……ほんとうにたまたま生き残ったごく少数をのぞき、彼らの家系のほとんどを消し去ってしまったでしょう。

——すると、たとえ彼らのほとんどは命を落としても、その特定の個人の子孫だけが生き残ったと保証することはできるのですか？

——かもしれません。彼らのうちごく少数の、たまたま生き残ったものたちだと。

——生き残りの遺伝子には、なにか……ふつうでないところはありますか？

――わたしのは……話を聞いておられたんですか？　ええ、これほど多くの遺伝的変異を共通して持っているのは、ま……間違いなくふつうではありません。そのことははっきりいったつもりでしたが。

――たしかに。わたしがいいたかったのは個々に見て、ということです。もし彼らの共有する遺伝的特徴、あるいは彼らが持っている遺伝子変異の数を無視した場合、平均的な人間に見られるとは思えないものはなにかありましたか？

――なにをおっしゃっているのか、よくわかりませんね。

――わたしが知りたいのは、彼らは完全に人間だと絶対的な確信を持って裏づけられるかどうかです。

――人間？　さ……さあそれは……彼らの遺伝子と……突然変異の一部はまれなものですが、ただ珍しいというだけのことです。彼らがその多くを共有しているというじ……事実をのぞけば、その遺伝子に特別変わったところはありません。異星人の遺伝子を調べたことは一度もありませんから、わたしには比較のしようがありませんが。

——一年前、最初の攻撃の最中に死んだふたりの異星人パイロットの遺体を調べる機会を、あなたにあげましょう。彼らの遺伝子構造を生き残った人たちのものと比較することはできますか？

——そもそも彼らにはＤＮＡがあるのですか？

——厳密にいえばありません。その特異性、あるいはそれが意味するところを完全に理解しているふりはしませんが、もしわたしの記憶が正確なら、彼らの核酸のなかの糖は……アラビノース——

——そんなことはあり得ません。

——ドクター・フランクリンも興奮していましたよ。

——そ……そうでしょうね。それは……とんでもないことです。ほかになにかありますか？

——あなたは自分で読み、自分で見ることができます。最初に彼らを調べた遺伝学者の報告書をお渡ししましょう。彼らの遺伝子構造が生き残った人たちのそれとなんらかの点で一致しているかどうか、どのくらいでわかりますか?

——わたしにやれるかどうか自信はありません。あなたはほんとうにくらべようのないものについて話しておられますが、も……もちろんやってみるつもりですよ。感謝します!

——まるでわたしがなんらかの便宜を図ったように、礼をいうのはやめてください。あなたはおそらく、この地球上でわたしがもっとも喜ばせたくない人間であり、もし一年前に誰かから、あなたの夢見たあらゆるものに近づく許可を自分が与えるだろうといわれていたら、わたしはその相手にこう答えていたでしょう……そう、そんなことはけっしてあり得ない、と。

ファイル番号一五七一
レイナード計画――オンラインゲームのチャットルームの監視――の記録
ワールド・オブ・ウォークラフト――エグウィン王国

〔エヴァ002〕　エッシー！　あたし、いけるの！
〔スカイジャンパー〕ハイ、エヴァ！　いくってどこへ？
〔エヴァ002〕　あんたのうち。あたし、いけるの！　泊まりにいける。
〔スカイジャンパー〕お母さんは？
〔エヴァ002〕　母さんはいいって。
〔スカイジャンパー〕？？

〔エヴァ002〕 あたしの好きにしていいの。

〔スカイジャンパー〕 どうして？

〔エヴァ002〕 母さんはいま、あたしの話を信じてる。あたしがいったとおりのことが起こったから。

〔スカイジャンパー〕 起こったってなにが？

〔エヴァ002〕 ロンドンのあの人たちのこと。あたしね、あれを見たの。

〔スカイジャンパー〕 あれはひどかったね。

〔エヴァ002〕 母さんはあたしが神様と話してるんだと思ってる。

〔スカイジャンパー〕 あんたも？

〔エヴァ002〕　まさか！　いってもいい？
〔スカイジャンパー〕どうかな。みんな怖がってる。MとDは仕事にいくのをやめたわ。暗いうちは外に出られないの。
〔エヴァ002〕　こっちも同じ。あっちこっちに兵隊がいる。でもお願い！　あたしが見つけた石を持ってくから。
〔スカイジャンパー〕頼んでみる。エヴァ、あの人たちは死んでたわ。あんたは怖くないの？
〔エヴァ002〕　怖いよ。みんながそうなる前から怯《おび》えてた。でもあんたに会いたいの。
〔スカイジャンパー〕いつ？
〔エヴァ002〕　こっちはいつでも。ふたりでアクセサリーをつくれるよ。新しい小さな飾りを持ってるの。いっぱいね。
〔スカイジャンパー〕頼んでみる。

〔エヴァ002〕あたしはどうしても家から出たいの。お願いだから、いいっていって！

〔スカイジャンパー〕わかった。待って！　あたしは頼んでみるっていったんだからね！　ゲームをやるの、やらないの？

〔エヴァ002〕やるよ。だけどあたしたち、サーバーを切り替えなくちゃ。どこもかしこもパラディンだらけなんだから。

〔スカイジャンパー〕パラディンなんて最低。でもあとでね。ミゲルにあたしたちはここでデュエルするっていってあるから。

〔エヴァ002〕ちょっと待ってて。

〔スカイジャンパー〕なに？　だめよ！　レイドははじまってるんだから！

〔エヴァ002〕下がすごく騒がしい。母さんが叫んでる。

〈スカイジャンパー〉??
〈スカイジャンパー〉??
〈スカイジャンパー〉??
〈スカイジャンパー〉??
〈スカイジャンパー〉??

――傍受終了――

ファイル番号一五七四
特別共同作戦司令部《JSOC》指揮官、アラン・A・シムズ中将との会話
場所：ノースカロライナ州フォートブラッグ

――デルタチームは位置についていますか？

――彼らは数時間前にサンファンに到着した。いつでもはじめられる。きみを待っていたのだよ。

――ありがとうございます。それに、この件にご協力いただけることにも感謝します。

――EDCの友人たちのためならなんなりと。よし、はじめようか？　GSSAP-2の映像を大スクリーンに出してもらえるかな？　ありがとう。標的はここ、この家にいるはずだ。赤い点がデルタ3。わがほうの兵士が四人、通りの向かいのバンにいる。その四人は塀を乗りこえ、プールハウスに隠れることになる。

――突入させるまでに、どのくらい監視を続けるつもりですか？

――いま入ろうとしているところだ。昨夜から衛星を張りつけている。あのバンは二時間前からあそこに停まっている。家に出入りする動きはない。灯《あか》りもついていない。もっと時間をかけたいところだが、状況を考えれば贅沢《ぜいたく》はいっていられんからな。それにわれわれは、白昼堂々突入しようとしているんだ。のどかな住宅地で武装した男たちが塀を跳びこえれば、じきに誰かが通報するだろう。

ブギーマン、こちらマザーグース、そちらの状況は？

〔位置についた。いつでもいけます〕

――彼らにはなんと指示を？

――十歳くらいの若い女性を見つけて連れ出すこと。大人は非友好的な可能性がある。実力行使の許可は与えられている。

――彼らは三十代半ばのアメリカ人女性にも注意するべきでしょう。

——ブギーマン、待機せよ……その女性というのは？

——陸軍の准士官《じゅんしかん》でEDCの大尉です。軍服は着ていないでしょう。彼女を傷つけてはいけません。

——ほかになにか、話しておきたいことはあるかね？　いまは必ずしも不意打ちされるのに適したときではない。

——これですべてです。

——彼女が銃を持っていなければいいのだがね。

——もし彼女がそこにいて、生きているなら、きっと武装しているでしょう。

〔マザーグース、なにを手間取っておられるんですか？〕

——冗談じゃない。待機だ、ブギーマン！……彼女はわれわれが向かっていることを知っているのか?

——知りません。

——きみのところの大尉には気の毒だがね、もし彼らに銃を向ければ制圧されるだろう。

——それはだめです。そこははっきりしておいていただかなくては。

——それで、M16を持った覆面の集団を見たら、彼女はどうするだろう?

——わたしにはわかりかねます。

——わかりかねる。いまもいったように、気の毒だがそれは任務ではない。そちらから彼女に警告できないなら、邪魔をしないよう祈ったほうがいいだろうな。わたしの部下が最優先だ。

——はっきりいわせてください。われわれの惑星は異星の勢力によって攻撃を受けています。われわれの唯一使えそうな兵器は、ニューヨーク市にある異星人がもたらした高さ六十メートルのロボットです。そしてその女性は、いまいったロボットを操縦するのに必要なふたりのうちのひとりなのです。警告が遅れたことは心からお詫びします。わたしは彼女が連絡してくれることを期待していたのです。とにかくそういうわけで、彼女の命は絶対にあなたの部下の命よりも優先されるのです。

――われわれが捜しているのはカーラ・レズニックなのか？

――いかにもそのとおりです。

――ブギーマン、こちらマザーグース。新しい情報だ。

〔それはすばらしい〕

――民間人の服装をした三十代半ばの味方の女性に注意せよ。彼女は武装していて、きみたちを敵と見なすかもしれない。たとえ発砲されても撃つな。

〔マザーグース、繰り返していただけますか？〕

――いまいったとおりだ。

〔マザーグース、そのような命令には――〕

――その女性はカーラ・レズニックだ――

〔……了解、マザーグース。命令を伝達中〕

――隣の通りのあれはなんでしょう？

――男がひとり、犬を散歩させているようだ。GSSAP管制官、彼を捕捉しろ。もし必要ならあの男を撃ってもかまわないかね？ それともきみは、ヴィンセント・クーチャーも飼い犬と一緒に行方不明になっているというつもりか？

――ミスター・クーチャーは犬嫌いです。そんなに撃ちたければ、あの男も彼のペットも勝手に撃っていただいてかまいません。

――ブギーマン、犬の散歩をしている男がひとり、西から角を曲がってそちらに向かおうとしている。

〔了解。目を離さないようにします。ターゲット接近〕

——もし誰か考えなおそうとしているものがいるなら、いまそういってくれ。

〔マザーグース、こちらブギーマン。突入許可を求めます〕

——突入を許可する、ブギーマン。繰り返す。突入せよ。

〔了解、マザーグース。諸君、位置につけ。三、二——〕

——いまの閃光はなんです？　攻撃を受けているのですか？

——彼らがスタングレネードを使っているんだ。

〔異状なし！……異状なし！〕

〔ブラボー1、奥の部屋、異状なし〕

〈異状なし！〉

〈車庫、異状なし〉

〈了解、ブラボー2。正面玄関、異状なし。上の階を確認する〉

〈援護する、ブラボー1。ドアを閉めろ。窓をふさげ〉

〈異状なし！……異状なし！……異状なし！〉

〈すべて異状なし！　マザーグース、こちらブギーマン。主寝室に民間人の死体がふたつあります〉

——了解、ブギーマン。例の子どもか？

〈いいえ、違います。大人がふたりです〉

——そのうちのひとりは……？

〈ヒスパニック系の女性がひとり、黒人男性がひとり。レズニック大尉は影も形もありません〉

——きっと子どもの両親でしょう。クローゼットを、それにベッドの下を確認するべきですね。子どもが隠れているかもしれません。

——ブギーマン、徹底的に捜索してくれ。

〈ブラボー2、階下を徹底的に捜索してほしい。われわれが捜しているのは小柄な人間だ〉

〈了解〉

——中将。わたしのスペイン語はとても完璧とはいえませんが、どうやら——

——ブギーマン、こちらマザーグース。地元警察が向かっている。三分で到着予定。

〈了解、マザーグース。ブラボー2、寝室は異状なし。屋根裏に続くはね上げ戸を発見。ちょ

っとのぞいてくる。あと二分で出る〉

〈階下は異状なし〉

〈うわっ！〉

〈ブラボー1、なにも問題ないか？〉

〈問題ない。ばかでかいネズミがいただけだ。屋根裏は異状なし〉

〈マザーグース、こちらブギーマン。家は空です。ターゲットの気配はなし。死体をどうするか指示を求めます〉

——これで終わりですか？

——終わりだ！　彼女はあそこにはいない。ご苦労だった、ブギーマン。死体はそのままにしておけ。巣に戻るんだ。

〔了解、マザーグース。夕食には帰れるでしょう〕

——急げよ。今夜はミートローフだ。マザーグース、通信終了。

検印
廃止

訳者紹介　関西大学文学部卒。英米文学翻訳家。主な訳書に、ヌーヴェル「巨神計画」、ブルックス＝ダルトン「世界の終わりの天文台」、カヴァン「あなたは誰？」他。

巨神覚醒 上

2018年6月22日　初版

著 者　シルヴァン・ヌーヴェル
訳 者　佐《さ》田《だ》千《ち》織《おり》

発行所（株）東京創元社
代表者　長谷川晋一

162-0814/東京都新宿区新小川町1-5
電　話　03・3268・8231-営業部
　　　　03・3268・8204-編集部
URL　http://www.tsogen.co.jp
モリモト印刷・本間製本

ISBN978-4-488-76703-7　C0197